小説 仮面ライダードライブ
マッハサーガ

著：大森敬仁
監修：長谷川圭一

講談社キャラクター文庫 021

小説 仮面ライダードライブ

マッハサーガ

原作

石ノ森章太郎

著者

大森敬仁

監修

長谷川圭一

協力

金子博亘

デザイン

出口竜也

（有限会社 竜プロ）

目次

キャラクター紹介

詩島《しじま》　剛《ごう》

泊進ノ介と共に、仮面ライダーマッハとして戦った、詩島霧子《しじまきりこ》の弟。「ロイミュード」の開発者である、父・蛮野天十郎《ばんのてんじゅうろう》を憎んでいた。

泊《とまり》　進ノ介《しんのすけ》

かつて警視庁特状課（特殊状況下事件捜査課）の刑事として、また仮面ライダードライブとしてロイミュードと激戦を繰り広げた。現在は、本庁捜査一課のエースとして活躍。

詩島霧子《しじまきりこ》

特状課での進ノ介の相棒であり、ロイミュード撲滅後も共に捜査一課に転属。そして、進ノ介と結婚した。

チェイス

魔進チェイサーとして、仮面ライダードライブたちを脅かすも、「人間を守る」という本来のプログラムが回復し、仮面ライダーチェイサーとなった。

狩野《かの》洸一《こういち》

チェイスのコピー元となった、警視庁交通機動隊隊員。

沢神《さわがみ》りんな

元・特状課の客員電子物理学者。ドライブのさまざまな専用武器などを発明する。ロイミュードとの戦いの後、学会に戻り研究を続ける。

追田現八郎《おったげんぱちろう》

警視庁捜査一課警部。特状課と行動を共にするうちに、積極的に進ノ介たちをサポートし事件解決に協力するようになる。

西城《さいじょう》究《きゅう》

元・特状課の客員ネットワーク研究家。自身に擬態したロイミュード072との交流を描いた小説で、作家としても人気者となる。

本《ほん》願《がん》寺《じ》 純《じゅん》

元・特状課課長。いつもは、トラブルを嫌い穏健派を自任するが、いざという時には頼りになる。ロイミュードとの戦い後は、警務部人事・教養課長兼務に昇進。

クリム・スタインベルト

高名な科学者で、「ドライブシステム」の開発に携わった。自らの意識と記憶をドライブドライバー（ベルトさん）にインストールし、進ノ介と共にロイミュードと戦った。

ハーレー・ヘンドリクソン博士

クリム・スタインベルトの恩師である科学者。「ネクストシステム」の開発者であり、「仮面ライダーマッハ」の生みの親。

仁《に》良《ら》光《みつ》秀《ひで》

元・警視庁捜査一課長。その本性は狡猾《こうかつ》で、進ノ介の父・英介《えいすけ》を射殺した真犯人である。

西堀光也《にしほりこうや》

ニュース番組などにも登場する著名な犯罪学者であるが、その正体は凶悪な犯罪者。模倣犯として進ノ介に逮捕された。ロイミュード005にコピーされた。

西堀令子《にしほりれいこ》

父・西堀光也を超えたいという強い欲望を持ち、ロイミュード050と融合し結託、最高の犯罪を完成させようとする。

根岸逸郎《ねぎしいつろう》

複数の強盗事件を起こし、仕舞いにはロイミュード067と融合進化してオープンロイミュードとなった犯罪者。

宇津木壮《うつぎそう》／浅村誠《あさむらまこと》

ジャッジ・タイムという復讐代行《ふくしゅうだいこう》の闇サイトを使って、人々を恐怖に陥れた。浅村誠が本名であり、宇津木は偽名。

多賀《たが》始《はじめ》

「警官殺し《コップキラー》」の異名を持つ凶悪犯。初めてロイミュード007と融合し、ソードロイミュードとなった。

坂木《さかき》光一《こういち》

女性をストーカーし、被害者を精神的に追い詰め、ついにはロイミュード069とシンクロした異常犯罪者。

笹本《ささもと》喜三郎《きさぶろう》

りんなが、大学時代に交際していた。再会を果たすが、催眠作用のある音波を利用するボイスロイミュードと結託していた。

ガフ&ビーン／ガンマン、元締め

アメリカを拠点に暗躍するマフィアの兄弟。後に用心棒で兄のガフはロイミュード017ガンマンに、元締めの弟ビーンはロイミュード018にコピーされてしまう。

橘《たちばな》 真《しん》伍《ご》

追田現八郎の先輩の元・刑事。

岡《おか》島《じま》秋《あき》絵《え》

復讐代行人ジャッジの身代わりとして死んだ岡島冬馬《おかじまとうま》の妹。兄の身の潔白が証明された後、事件の元担当刑事だった橘真伍と交流を深めている。

唐《から》沢《さわ》ゆかり

二〇〇三年に起きた「英都銀行強盗事件」に巻き込まれ、泊英介に命を救われた少女。現在は、麗泉高校三年生。

イーサン・ウッドワード

詩島剛がアメリカ・オクラホマ州で出会い、共に旅をした親友。

プロローグ

この景色。虫唾《むしず》が走る……。

どこまで私の感情を逆なですれば気が済むんだろう。

ふざけ合う親子。

手と手を重ねる恋人たち。

満面の笑みでクリスマスケーキを売る女子大生。

車のエンジンを吹かす自慢げな男。

街頭に広がる笑顔、笑顔、笑顔……。

人々の幸せが今ここにあるのは、二年前に仮面ライダーがロイミュードを撲滅したせいに他ならない。


人間が勝手に作り出し、悪意を与えて進化させたロイミュードは、あの時すでに人間という存在を超えていたはずだ。

それなのに人間は、ロイミュードを利用するだけ利用して殺した。

その事実を忘れ去り、のうのうと毎日を生きている人間こそ傲慢というものだ。

こんな不条理が許されていいのか？　いいわけがない。

人間たちに「幸せ」という感情を感じる権利なんてない。

だから全部壊してやる。

今、私はロイミュードが成しえなかった野望実現のために生まれ変わった。

幸せな光景を見ていた私の視点は次の瞬間、螺旋状《らせんじょう》のネットワークシステムの光の網を通って、人間の最も醜悪な魂が集まる場所をとらえた。

関東中央刑務所。

そう、私はずっとここにいたのだ。

ここに潜み、ずっとロイミュードと仮面ライダーのあの戦いを見ていた。

先ほどまでのムカつく光景は、あくまでネットワークをハッキングして映像として捉えていたものに過ぎない。

ロイミュードは蛮野《ばんの》天十郎《てんじゅうろう》とクリム・スタインベルトが共同開発したアンドロイドだった。

しかし、蛮野博士が利己的な狂気へと走り、ロイミュードは人間の悪意ばかりを吸収して進化を遂げた。

一方、蛮野に反発したクリムは、ロイミュードに対抗するために「人間を守る」ことを使命とした、善意のみでプログラミングされたアンドロイドを戦士とした。

それが、後の仮面ライダーだ。

グローバルフリーズをきっかけに始まった仮面ライダーとロイミュードの戦いは熾烈《しれつ》を極めた。

ロイミュードの中で特に初期型のゼロナンバーを持つ者の中には、仮面ライダーを死の淵《ふち》まで追い詰めた者もいた。

だが、ロイミュードは全滅した。


私は、憤怒の感情を抑えながら、視点を独房の外の廊下に移した。

そう、もう怒りに震えることはない。

必要なものがもうすぐ届くのだから。


先ほどからコツコツと固いアスファルトを叩《たた》き始めた看守の足音は、独房の前で止まった。

耳をつんざくような金属音を響かせながら独房の扉を三日ぶりに開いた看守は、収容以来、未だ反省した様子を見せたことのないこの囚人を見下ろしながら告げた。

「囚人番号500。立て！」

薄ら笑いを浮かべると、見下したような態度を一変させた看守は嬉《うれ》しそうに微笑み、慣れた手つきでボディチェックをしながらヒソヒソ声で話し始める。

「西堀《にしほり》さん、約束のものが手に入りました」

そう言うと、看守は囚人服のポケットに異様な翼の形を持った金属片を乱暴に突っ込んだ。バイラルコア。

ロイミュードの礎であり体そのもの。

私が待ち望んだものだ。

「クイズショー、楽しみにしてます」

そこまで呟《つぶや》いた看守は、その声を独房棟全体に響き渡るような大きなものに変えた。

「500番、速やかに一般棟へ移動しろ！」


刑務所の看守の心を掴《つか》むことなど、私にとっては容易いことだった。

人は誰しも劣等感を持ち、そして自分勝手だ。

ロイミュードのことを悪く言うが、人間とロイミュードは全く変わらない。

むしろ人間の方がタチが悪く、そして弱い。

そこを刺激すれば、人間は簡単に言うことを聞く。

とにかく私は、看守を言いくるめて必要なものはなんでも手に入れた。本、凶器、タブレット端末、そしてバイラルコア。

それもこれも仮面ライダーへの復讐《ふくしゅう》のため。

二年前、戦いが終わった後聞いた泊進ノ介《とまりしんのすけ》に関する情報が引き金だった。泊進ノ介と詩島霧子《しじまきりこ》。

刑務所の看守の口から、ロイミュードの撲滅に大きく寄与した二人が結婚すると聞いた時、私はいてもたってもいられなかった。

ロイミュードを手に掛けた奴らの幸せなど、耐えられるわけがない。

私自身が、泊進ノ介に辱めを受けた経験が何度もフラッシュバックし、私は憤りを抑えることができなかった。

それに、奴のあの自信に満ちた顔が大嫌いだった。

しかし、私はその時手段を持たなかった。

泊進ノ介を、仮面ライダーを直接苦しめる手段を。

仕方なくその時私が取った行動は、至極子供じみたものだった。

刑務所と警視庁をつなぐネットワークを密かに使い、警視庁に同時多発爆弾テロのデマを流したのだ。

二〇一五年十二月二十四日の泊進ノ介と詩島霧子の結婚の日を狙って。

奴らの幸せな瞬間を、その一瞬でも邪魔できることを願って。

泊進ノ介が苦悩に顔を歪《ゆが》める姿を想像して。

そのデマがどれほど奴らを苦しめたのかは結局わからなかった。

ただ、あの時に私は決断したのだ。

仮面ライダーを苦しめる手段を必ず持つことを。

あれから二年をかけ、その手段が今ついに手に入った。


さあ、始まりの時だ。

私は知っている。

言ったろ？　人間とロイミュードは何も変わらない、と。

人間だって化け物のように醜悪な者へと豹変《ひょうへん》し、他者を食い荒らす。

ロイミュードも他者を愛し慈しむことができた。

どうやら人間はそのことを忘れてしまったらしい。

この私が、忘れられたロイミュードの遺志を継ぎ、人間と仮面ライダーにそれを知らしめることにした。

仮面ライダーと人間たちは、再びロイミュードの恐怖におののき、思い出すだろう。
あの悪夢を。
一つ残らず、全て。
しかし奴らは何もできず、ただひたすら待つことしかできない。
恐怖に満ちた死を。

【第1章】

詩島剛はどこへ向かうのか

「人はやり直せる」

俺のダチはそう教えてくれた。

チェイスが仮面ライダーになることを決意する時に誓った「もう一度やり直す」という言葉は、今も俺の胸に深く刻まれている。

あいつはあの言葉通り、仮面ライダーとして生き、そして死んでいった。

正確にいえば言葉の意味を本当に理解したのは、奴が死んでからかもしれないな。

何度、あの言葉に救われたことか……。


ロイミュードを撲滅することに必死だった俺は、結局ロイミュードであるチェイスに救われて生き長らえた。

皮肉な話だよ、まったく。

ロイミュードを作ったのは、俺の父親である蛮野天十郎だった。

そのことを知ってしまった俺は、ロイミュードの撲滅を自分の使命と信じて、仮面ライダーマッハとなり、ロイミュードを倒しまくった。

ロイミュードであるチェイスももちろん撲滅の対象だった。

チェイスが仮面ライダーに生まれ変わってからも、俺はチェイスのことを認めることができず、素直になることもできなかった。

俺に対して「ダチにはなれないのか？」と問うチェイスに対しても、俺は否定の返事しか返すことができなかった。

そんな状態のままでチェイスは死んだ。

しかも、俺を守って、その命を終えた。

俺は、第二のグローバルフリーズの中……そう、止まった時間の中で経験したあの無念を、あれからずっと〝どんより〟と考え続けている。

チェイスの死は、俺のロイミュードに対する考え方を百八十度変えた。

それを含めて、チェイスって奴は不思議な存在だった。

姉ちゃんがたとえたように「守り神」と呼ぶに相応しい。

チェイスは俺を含めた人間たちのロイミュードに対する偏見を解いた。

そればかりではなく、進兄さんと姉ちゃんにお互いを意識させた張本人だった。

チェイスがいなければ、今の二人が夫婦として存在することはなかっただろう。

俺は、死んでしまったあいつに人生を救われたばかりか、家族の幸せをも与えられたんだ。

その存在の大きさを今になって思い知る。

それに事実、ダチに命を助けられたのはあれが初めての経験ではなかった。

俺の人生。結局、家族やダチに支えられてばっかだったけど、こうして生かされている意味を感じられずにはいられない。

そう、人生はいくらでも、いつからでもやり直せるんだよ。

何度でも生きてやる。

それが、俺を助けてくれた奴らへの恩返し、俺の生きる意味だから。

俺がクリムにシグナルチェイサーを返さなかったのもそれを証明するためだ。

人間を苦しめたロイミュード。

その生みの親で俺の父親・蛮野。

結局ロイミュードを悪事へと駆り立てたのは、蛮野自身の悪意だった。

俺はその息子だからこそやらなきゃいけないって思ってるんだ。

ロイミュードをもう一度やり直す、って。

チェイスのように善意だけを持ったロイミュードを、俺が〝やり直して〟やるんだ、って。

入国のためパスポートを探していた俺の手元にチェイスの免許証がこぼれてきた時、俺は今までに何度も何度も考えたその誓いを心の中で反芻《はんすう》していた。

チェイスの顔は相変わらず、不似合いな満面の笑みを放っている。

さっきまで後ろの座席で酒に酔って騒いでいた客もようやく眠りについたようだ。

窓際から見える星条旗が描かれた翼に朝日が射してきた。日本が近い。

チェイスの免許証を財布に戻すと、そこにはもう一つ別のダチが残した大切な写真がある。

イーサン・ウッドワード。

俺がまだ仮面ライダーになる前にアメリカで出会ったダチだ。

「剛《ごう》。知っていたか？　お前の国はとても美しい！」

脳裏にイーサンの姿が去来する。

「ああ……、知ってるぜ、イーサン。そこに俺はまた戻ってきた」

俺は、乗っている飛行機とほぼ平行線上にある朝日に何度もシャッターを切った。

二〇一七年十二月二十四日、クリスマス・イブの日。

成田空港は年末の喧騒《けんそう》で溢《あふ》れていた。

久々の再会を喜ぶ親子。

抱き合い、別れを惜しむ恋人たち。

にこやかに客を案内するコンシェルジュ。

今日の空と同じ、明るい笑顔に包まれている。

俺がその景色にもう一度シャッターを切った時、ファインダーの向こうから懐かしい顔が見えてきた。

「剛！　帰ってきたな〜！」

「迎えに来たわよ！」

ロイミュードとの戦いを共に駆け抜けた元特状課の仲間たちだ。

追田《おった》のおっちゃんはあの時の成果が認められて捜査一課の警部に昇進した。

今も日々、凶悪な犯罪と格闘中だ。

そして、学会に戻ったりんなさんは、相変わらずロイミュードやアンドロイドの研究を続けている。

「久しぶりです、お二人さん！　あれ、究《きゅう》さんも来るって聞いてたけど？」

「究タローは車で留守番よ。なんかゲームに夢中になってて……。久しぶりに剛に会うってのに、ヤな感じだろ?」

「究さんらしいな」と呟く俺を、追田のおっちゃんとりんなさんは、それこそ田舎のおじいちゃんとおばあちゃんが久しぶりに会った孫を出迎えてくれるように賑《にぎ》やかに車まで案内してくれた。

もちろん、そんなたとえ、死んでも口に出せないけど。

特状課マークの付いた出迎え用のワゴンには見覚えがあった。

「この車、懐かしいな!」

「だろ? わざわざこの日のために本庁の特殊車両保管倉庫から引っ張り出してきたんだ」

「ゲンパチ。自慢はそこまで。さあ、剛君、早く乗って」

りんなさんに返事をした時、俺は後ろに視線を感じた。誰かが俺を見ている。

振り返ってみるが、そこには誰もいない。

「どうした?」

「いや、何か見られてる気がして」

「気のせいじゃないか。見てるのは監視カメラだけ」

追田のおっちゃんが指差した先には確かに監視カメラがあった。

長時間のフライトのせいか？

確かに飛行機で後ろに座った客のテキーラの連続注文と、それに伴う酒乱の様相にはかなりムカついて疲れ果てたけど、それでもこんな感覚を抱くのは初めてだ。


車の後部座席には、去年ロイミュードと自身の交流を描いた本で作家としてブレイクした西城《さいじょう》究先生、いや……やっぱこの人のことは究さんでいいや、が座っていた。

「究さん、久しぶり」

「ちょ、ちょっと待ってね、剛君。もう少しで終わるから」

究さんは顔も上げずにそう言うと自分のスマホの画面に目を釘付けにして、ネットゲームに熱中していた。

「相変わらずだね。どうぞ、ごゆっくり」

と、隣に座る俺の心臓を「うわ！　また失敗！」の究さんの絶叫が一瞬止める。

「どうして最終ステージをクリアできないんだ、僕のような天才が！」

「びっくりしたー。なんだよ、たかがゲームで！　だいたいさ、ゲームやってる暇あんの、大先生？」

と、たしなめようとした俺を助手席に座るりんなさんが制した。

「きっと相性があるんじゃない？　私も何度か挑戦したけどダメだったし」

りんなさんまで、このゲームをやっているとは意外だった。

三人に会うのは、二年前に起きたゴースト騒ぎの後の進兄さんと姉ちゃんの結婚式以来のことだ。

ゴースト騒ぎの際、ハーレー博士が作ったマッハドライバーは結局戦いの後ぶっ壊れた。

対おばけ用の急場しのぎのドライバーだった。

やっぱりネクストシステムといえども、クリムがコア・ドライビアを凍結させた後でシステムを再構築しマッハとして戦闘を続けるのは限界があった。

それでも、りんなさんはハーレー博士とも連絡を取り合い、クリムの夢を実現するため研究を続けているらしい。

すなわち、俺と同じく、完全なる善意に基づいた仮面ライダーのシステムだ。

きっと、研究、研究だし、確かに息抜きは必要だよな。

「りんなさんには余興が必要だよ。じゃないとずっと研究してるんだろ？　究さんみたいな趣味に毛が生えたような執筆活動とはわけが違う」

「僕が本を書いてるのは遊びじゃない！」

という究さんの嘆きの声の途中で、もっと激しいおっちゃんの声が響いた。

「え⁉　センセもそのゲームやってるの⁉」

特状課にいた頃と何も変わらない。

三人のトリオ漫才が始まった。

お互い、大が付くほど好きな癖して素直になれない奴ら。

愛すべき特状課の仲良し三人組だ。

「どんだけ流行ってるんだよ、そのゲーム」

「センセがやってるなら、俺もやろうかな～？　だって俺、俺……センセのこと全部知りたいから」

「やだ、もー！　そーいうことはっきり言う？」

ん？

なんだろう？　このちょっとした、いい感じの違和感……？

特状課にいた頃と何も変わらない。

そう思ったのは間違いかもしれない。

俺は隣に座る究さんの耳にヒソヒソと話しかけた。

「なんかさ……、おっちゃんとりんなさん、二年前とちがくない？」

ゲームを諦めてスマホをＯＦＦにした究さんは、久々に会う俺にようやく興味を持ってくれたようで、ニンマリと持ち前のいやらしい笑顔を浮かべた。

「やっぱわかるよね～？　あのさ、僕も詳しくは知らないんだけどぉ、追田さん、最近りんなさんについにプロポーズしたんだって。でも、りんなさんは答えを保留中って話」

「え――――ぇぇぇ！」

フライトの疲れが一気に吹っ飛んで、俺の口からついつい大きな声が飛び出した。

運転中の追田のおっちゃんのハンドルを握る手が少し震え、車が蛇行した。

「うおっ！　お、おいっ！　おい！　なんだよ、何事だよ、剛？」

助手席のりんなさんも驚いて振り返る。

「あ……、いや……」

俺はあまりに不意に飛び込んできた意外な情報に、その先の言葉を失った。

ただ何か別の言葉を絞りだして、この場を誤魔化す必要があることだけはわかっていた。俺はその言葉を生み出すために、ものすごい速さで頭を回転させた。

「いや、びっくりしたよ、究さんがさぁ……。究さんがね……、あの、究さんが今日『マー・マー・マンション』のオールナイト上映会があるからやっぱり結婚パーティー行かずに帰るとか言い出すもんだから……」

という嘘《うそ》が、ついつい飛び出した。

「はぁ!?」

驚嘆の声を上げたのは究さんだけではなかった。

おっちゃんもりんなさんも「特状課の同僚の結婚パーティーに行かない、なんてあり得ない」という意味の非情な言葉を究さんに浴びせ続けた。

次から次へと浴びせられる罵声に言い訳する隙も与えられない究さんに、俺は必死に掌を合わせて「ごめんね」のポーズを送っていた。

そんなトリオ漫才のクライマックスを見ながら、あの時の特状課の和気藹々《わきあいあい》とした雰囲気が俺の脳裏に甦《よみがえ》ってきた。


そして悪くないと思った。

追田のおっちゃんとりんなさんのやりとりが本当の夫婦漫才になる、ってのも。


その日の夜、街にはクリスマスのイルミネーションが目立っていた。

「もう赤信号引っかかりすぎなのよ、ゲンパチ！」

「そうだ。なんてポンコツな運転なんだ！」

「うるせぇ、俺は警察官として安全運転しただけだ。だいたい究タローだけには言われたくねぇよ！」

支度を終えた俺たちは結婚式場に隣接するレストランに到着した。

「ここも二年ぶりか」

手に手をとって現れた新郎新婦、タキシード姿の進兄さんとウェディングドレスに身を包んだ姉ちゃんの笑顔が脳裏に思い出される。

そう。この場所は、二年前に進兄さんと姉ちゃんが結婚式を挙げた場所だ。

「さあ行こう。もうみんなとっくに集まってる」

「早く早く！」

おっちゃんたちに急かされ、俺たちはレストランの中へ駆け込んだ。

会場の案内係が、俺たちを速やかに席へと誘導した。

どうやら俺たちが最後に到着した招待客のようだ。

息を整えて席につくと、周りには見覚えのある顔もあった。

進兄さんのかつてのパートナー早瀬《はやせ》明《あきら》刑事や免許センターの職員たち。

スピーチ台の前で小躍りしている本願寺《ほんがんじ》の課長さん……、元課長さんか。

そしてメインテーブルにはもちろん進兄さんと姉ちゃんの姿が。

俺は遅くなったことを詫《わ》びながら、元気な姿をアピールするため笑顔を作ろうとした。

だけど、作ることを意識なんかしなくても、自然と笑みがこぼれてしまった。

その席にいた、もう一人の人物のせいで。

その席にいたのは、進兄さんと姉ちゃんだけじゃない。

幸せそうに笑う姉ちゃんの腕には、一歳になった赤ん坊の英志《えいじ》が抱かれていた。

小さい腕を姉ちゃんの顔に伸ばして戯れるその姿は、申し訳ないけど新郎新婦の姿よりも俺にはまぶしく見えた。

初めて見る英志の姿に、言いようのない感動を覚えた俺は、言葉をかける前に自然とシャッターを切っていた。

どうやって言葉にしようかと考えている暇もなく、本願寺さんのスピーチが始まった。

「えー、実は二人の幸せを祝うパーティーは、ちょうど二年前に開かれるはずでしたが～」

再び俺の脳裏に、二年前の結婚式の光景が思い出された。

鳴り響くウェディングベル。

教会から出てくる二人をフラワーシャワーで祝福する仲間たち。

まさに式がクライマックスを迎えた時、教会のベルの音が鳴り響くと同時に、結婚式に出席している警察関係者たちの携帯電話が次々に鳴った。

それは、警視庁に次々と犯行予告が届いたという連絡だった。

都内数ヵ所に仕掛けた爆弾を一時間後に同時に爆破するという突然の声明。

予告された場所はコンサートホール、遊園地、学校など、いずれも大勢の人間が集まる場所ばかりだった。

もし本当に犯行が実行されれば甚大な被害が出ると判断した特状課をはじめとした刑事たちは、進兄さんを含め全員が正装を解除して捜査に向かった。

指定された場所に次々と警察配備がなされ、警視庁職員ほぼ総出で対応にあたった。

ロイミュードが撲滅された後としては、最大の事件だった。

大規模な避難誘導があり、予告された周辺地域の住民は避難所に移されたが、爆弾は発見されず、結局爆破も起きなかった。

悪質ないたずらと判断されたが、巧妙に追跡を逃れた予告犯の正体を特定するには至らなかった。

そのせいで、式の後に予定されていた進兄さんと姉ちゃんの結婚披露パーティーは中止となった。

その後、本庁捜査一課・特殊犯罪捜査第四係で班長に抜擢《ばってき》された進兄さんは多忙を極めた。

　姉ちゃんとの婚姻届を出しはしたが、結婚パーティーを行えないまま一年が経過した。

　そんな中、姉ちゃんのおなかに新しい命が芽生えたとわかり、さらに結婚パーティーの予定は延びてしまった。

　相変わらず多忙な日々を送る進兄さんと姉ちゃんのもとに一年前の冬、英志が誕生した。

　忙しい毎日を送り、息子とほとんど会えない日々だった進兄さんだったけど、自分の父親と同じように会える時には息子に最上の愛を注いだ。

　姉ちゃんとも協力し合って四苦八苦しながら英志の面倒を見ている様子は、海外にいる俺のもとにも届いた。

　あの頃と種類は違うけど、今も進兄さんと姉ちゃんは命のために必死でがんばっていた。

　そしてまたあっという間に一年が過ぎ、こうして改めて結婚披露パーティーが同じ結婚式場のレストランで十二月二十四日、クリスマス・イブにして進兄さんの誕生日に合わせ、開催されたというわけだ。

「特状課で大事に大事に育てた二人が、無事チェッカーフラッグを越えてゴールインを果たし～」

本願寺さんの嬉しそうな顔が集まったみんなに伝播《でんぱ》して会場は和やかなムードに包まれていた。

もし今この場に奴がいれば、きっとクソまじめな顔でトンチンカンな祝福の言葉を口にして姉ちゃんを笑わせたに違いない。

もし、チェイスがいたら――。


そんなことをふと考えた瞬間、突如、照明が消えた。

何かのサプライズかと考えたが、俺の直感が「そうじゃない」と訴えていた。

どよめきの中、誰かの携帯が鳴る。さらに数人の携帯も。

「おい、まさか、よせよ」

焦る俺の思いをよそに、またも二年前と同じようにあちこちで携帯が鳴り響く。

「停電だ！」

「どうやら都内全域らしい」

「古館北地区で火災も発生している！」

「連続放火らしいぞ！」

さすが警察官同士の結婚パーティーとあって、情報の早いこと。

いや、それよりもこの幸せな空間には不似合いすぎる物騒な言葉が躊躇《ちゅうちょ》なく飛び交うあたりも、さすがと言わざるを得ない。

幸せボケしていた俺の脳みそを一瞬にして熱くしてくれる。

正義感の塊でできた招待客一同は、あっという間にどやどやと会場から駆け出す。

さすがに新郎である進兄さんも姉ちゃんに英志を託し、外へ向かった。

「いったい……どうなってんだよ」

と、後へ続く俺の瞳の先には、真っ暗闇の中に煌々《こうこう》と燃え上がる火の渦が広がっていた。

それはまるで戦争の始まりを告げているかのような夜景だった。

結局、再びパーティーは中止になった。

進兄さんたち、警察は捜査に向かった。

俺は、再び起こった二年前と同じ状況を全くのみこむことができないままでいた。

そして何かとんでもなく嫌なことが起こる気がしてならなかった。

それでも、とにかく今は警察に任せるしかない。

俺はもう仮面ライダーではないのだから。

俺は進兄さんに頼まれ、姉ちゃんと英志を郊外の自宅まで送ろうと車を走らせていた。

「なんか夢みたいだね。姉ちゃんが東京郊外で新築一戸建てなんて」

「三十五年ローンだけどね……」

「立派、立派。こーんなにかわいい息子を育ててかなきゃいけないんだ。ローンなんてどうってことないでしょ、二人にとっては」

姉ちゃんが、少し微笑んだ。

「大人になったね、剛」

「え？　何、急に？」

「あんなことがあった後なのに、こんな話してくれるなんて。私たちのパーティーがまた中止になっちゃったこと、気にしないように無理してくれてるんでしょ？」

「バッ、バカ！　んなわけねぇよ。俺はただ、英志がかわいいな、って言ってるだけ！」

図星だった。

でも、無理しているわけじゃない。

二度も結婚パーティーを中止にされた花嫁の気持ちなんて想像もできないだろ。

「こんなふざけたことをしている奴、許すわけにいかない」

高速道路のライトが全部消えているのを目の当たりにした時、さすがに悠長に構えていることに限界が訪れた。

「暗黒の聖夜……」

姉ちゃんがそう言った時、俺はマッハとして初めて姉ちゃんを助けたあの夜のことを瞬時に思い出した。

そうだ、この状況はあの時の事件に酷似している。

三年前のクリスマス・イブの夜、ボルトロイミュードが大規模停電を実行した。

火災の原因は結局ボルトが仕掛けた機械の漏電によるものだったが、確かにこれほど大きな規模の停電を人間の力だけで起こすことができるのか、そんな疑問が頭をよぎった。

似ているのは単なる偶然か。

それとも――。


その時、姉ちゃんの携帯に着信。進兄さんからだ。

この暗闇の中、別の重大事件が発生したというのだ。

数ヵ所の刑務所で、同時に数人の囚人が脱獄した。

告げられる脱獄犯たちの名前にみるみるうちに姉ちゃんの表情が曇っていった。

宇津木壮《うつぎそう》を名乗り、ジャッジ・タイムという復讐サイトを駆使して人々を恐怖に陥れた本名・浅村誠《あさむらまこと》。

女性に執着し、ストーカーという悪質な行為で被害者の精神を追い詰め、仕舞いにはロイミュード069とシンクロした異常犯罪者・坂木光一《さかきこういち》。

警官殺し《コップキラー》の異名を持ち、初めてロイミュードと融合進化しソードロイミュードとなった多賀始《たがはじめ》。

そして、いくつもの強盗事件を起こしたことでついにはオープンロイミュードとの融合を果たし泊英介《えいすけ》刑事の殺害にも関わった根岸逸郎《ねぎしいつろう》。

「念のため、気をつけてくれ」そう言って進兄さんの電話は切れた。

すやすやと寝息を立ててベビーシートで眠る英志。

その顔に触れる姉ちゃんの手が小刻みに震えているのが、バックミラー越しでもはっきりとわかった。

二年前に結婚パーティーが中止になった時の状況とは、明らかに違っていた。

あの時は、予告が全て嘘とわかってからは何も起きなかったし、起きる予感も気配もなかった。

だが、今回は違う。俺には感じる。

やっぱりこの停電は偶然なんかじゃねぇ……。

裏で誰かの意図が働いている。

そう思った時、俺はサイドミラーに違和感を覚えた。

真っ暗闇の中に突き刺すようなバイクのヘッドライトが猛スピードで迫ってくる。

数台のバイクは瞬く間に俺の運転する車を追い越していったはずだが、その瞬間はまるで重加速みたいにゆっくりとしていて、そいつの顔ははっきりと見えた。

「まさか……あいつは！」

一台のバイクの後部座席に乗って走り去る男の顔。

いやらしく下品な爬虫類《はちゅうるい》のような笑顔。

それは――進兄さんの父親・泊英介を殺した男。

紛れもなく、仁良光秀《にらみつひで》だ。


へらへらと笑う仁良はその手に拳銃のようなものを持っていた。

対向車線からやってきた囚人護送車に対して、仁良が何発も発砲した時、それが本物の拳銃だということがわかった。

タイヤに銃撃を受け、護送車が派手な音を立てて高速道路の壁に追突して止まった時、仁良はすでに中央分離帯を飛び越えていた。

護送車から飛び出した囚人たちを「ヒャーヒャー」と奇声をあげながら連れ去ると、他数台のバイクたちと共に轟音《ごうおん》を立てて去っていった。

ただ、俺は見逃さなかった。

去り際のあいつの視線を。あいつは意図して俺を見た。

まるでこう言い聞かせるように。


そこにいるのはわかっているぞ、仮面ライダー。俺を捕まえてみろ。

終わったと思っているのか、ロイミュードと人間の戦いが？


バイク集団を追跡することすらできなかったのは、瞬時に事の危険性を察知したからだと思う。

なんという恐怖だ。

生まれて間もない無防備な甥《おい》。

守るべき尊い存在が、こんな狂気に満ちた世界で生きていかなければいけないなんて。

俺は目の前に続く暗い道路を見ながら、この道と同じように無限の暗闇の中に自分がいることを感じた。

その直後、消えていた街の明かりが次々と灯った。

目の前の道が照らされ、俺はもう一度思い直した。

いや、灯すんだ。

俺が、その暗闇に。光を。


不意に、俺の携帯電話が激しく振動し始めた。


十二月二十五日、クリスマス。

警視庁に来た時、俺は知らぬ間に挙動不審な行動を取っていたらしい。

正面の入り口にいる警察官に職務質問をされそうになった。

以前の特状課は桜田門から遠く離れた下町の免許センターの中にあった。

いつでも気軽に邪魔できたのに、今や本願寺さんが在籍するのは警視庁そのもの。

さすがに本物の警視庁となると一瞬たじろいでしまう。

でも、本願寺さんから言われていたように特殊免許証を見せたら一発。

警察官は敬礼をして、俺を中まで丁重に案内してくれた。

掌を返したようなその待遇に、いったいどんな豪華な部屋に連れていかれるのかと思いきや、俺が案内されたところは剣道場だった。

いったい、道場で何やらせようってんだ、あの人……。

そんな疑問に答えるように、道場の入り口には綺麗《きれい》な文字で張り紙がしてある。

年内いっぱい特殊状況下事件捜査課の部屋として使用します。　警務部
「年内いっぱいでこの事件が片付くのか？」ともっと大きな疑問を感じながらもとにかく部屋に入る。

「いや～来ましたね、剛君。メリー・クリスマス！」

と、お馴染《なじ》みの本願寺さんの声が響いた。

そしてそこには進兄さん、追田のおっちゃん、りんなさん、究さんの姿があった。

あの時のメンバーが揃《そろ》ったのだ。

剣道場はもちろん道場のままだが、そのだだっ広い板の間の中央には以前の特状課と同じようにデスクが並べられていた。

今回の事件が過去のロイミュード事件と関連があると判断した本願寺さんは緊急特別チームとして、元特状課のメンバーを招集、すぐに剣道場を間借りした。

実は今の本願寺さんにとって、そんなことは朝飯前らしい。

警視庁の人事と設備を牛耳る警務部人事・教養課長兼務という肩書以上にすげぇポジ

ションの人になったらしいのだ。

「ようやく特状課に俺のデスクができたな～」

と、意気込む追田のおっちゃんの肩に本願寺さんが優しく手を置き、わかりやすく大きく首を横に振った。

「ええ――ッ！　違うの⁉」

「なんて早とちりな人だ。足が武器なんだから、デスク必要ないでしょ」

と、一瞥《いちべつ》もくれず本願寺さんをフォローする究さんは、今日もゲームに夢中らしい。

「泊のバディが育休中だから、俺が暫定復帰だ。よろしくな剛君」

それは早瀬刑事だった。

進兄さんと同じく特殊犯に復帰していたらしいが、それも本願寺さんの計らいに間違いなく、どこまで本願寺さんの人間力が高いのかと感心してしまった。

「このデスクは早瀬さんのデスクだったんですね」

「ああ。でも、復帰と言っても俺にできることは専らネゴシエーターとしての仕事だけど。口八丁手八丁で力になれるようにがんばるよ」

過去に負った傷はほぼ完治したが、やはり現場復帰は難しかったらしい。

でも彼に捜査員としての類いまれなるセンスがあることは、ここにいる全員が知っていた。

「無茶はするなよ、早瀬」

「それはこっちのセリフだ」

笑顔を交わす進兄さんと早瀬刑事は早くも昔の名コンビ復活の雰囲気。

そんな二人を微笑ましく包み込む空気が剣道場に流れた時、それを一変させる人物が入ってきた。

「遅くなってすまない……」

「お、お前……!?」

俺は絶句せずにはいられなかった。

「そのリアクションには慣れた。俺はチェイスという奴ではない。狩野洸一《かのこういち》だ」

警察手帳を俺に示し、チェイス似の狩野がしゃべる。

俺は一瞬頭の中が真っ白になり、状況を理解することができなかった。

「こいつは交通機動隊の白バイ警官だったが、俺が頼んで今回の捜査に参加してもらうことになったんだ。大丈夫、こいつは俺のダチで優秀な警察官だ」

進兄さんが真っ白な俺の頭に言葉を吹き込んでくれた。

「狩野。剛のサポートを頼む」

俺は、とりあえず狩野の件をわすれて我に返った。

「進兄さん、俺はただの民間人だぜ」

「確かにそうです。でも剛君、君は元仮面ライダーです」

説明をしてくれたのは本願寺さんだった。

本願寺さんは俺に一冊の手帳を手渡してくれた。

「特状課の客員としての捜査員パスです。この一連の事件は、以前のロイミュード犯罪との関わりが深いと判断しました。この事件に関して、あなたにも正式な捜査権が与えられます。ぜひ、協力をお願いします」


剣道場。特状課復活。早瀬刑事。チェイス似の男。特状課捜査員パス。

この数分の間に、あまりに多くの情報が俺の頭に入ってきたもんだから、俺はついつい進兄さんのセリフを真似てこの状況を無理やり収拾しようとした。

「……わ、わかりました。もう考えるのはやめました」

その時、狩野がボソッと呟く。

「俺個人としては素人と組むのは正直気が進まない。だが、命令に従うのが警察官のルールだからな、仕方ない」

狩野のこの言葉は、俺のことを見下し神経を逆なでする言葉に他ならないだろう。

でも、それを聞いた俺は大声を上げて笑っちまった。

「その生真面目さ。そういうことか。お前がチェイスの——」

「コピー元、だろ。その突っ込みにも慣れた」

俺の笑い声にゲームをしていた究さんもついにスマホから顔を上げた。

「チェ、チェ、チェ、チェ、チェイス君じゃないか～！　なんで～⁇」

「その話はもう終わったから！」

元特状課、全員の声が揃った。

「まぁまぁとにかく。全員紹介が終わったところで、捜査会議を始めましょう。泊ちゃん、お願いします」

本願寺さんに促され、進兄さんがホワイトボードを使って昨夜からの事件の流れを整理してくれた。

どうやら事件は、俺が思っていた以上に奥が深くてヤバそうだ。


仁良を含めた集団脱獄が起きた大停電の夜。

同時にネットには「コピーキャット・ミスターX《エックス》」と名乗る仮面を被った人物による犯行予告動画が配信されていた。

警察はその画像を見て、すぐに仮面の人物の正体に思い当たったという。

西堀光也《こうや》。

西堀光也は元々犯罪心理学者だった。

いくつもの凶悪な犯罪を研究し、刑務所を訪問するなどして犯罪者の本当の心理というものにいくつも触れたのだという。

そうしているうちに、西堀光也自身が犯罪者へと変貌を遂げていった。

自分が犯罪者にならなければ、本当の犯罪心理はわからない、とでも言うように。

西堀は何件もの模倣犯罪を引き起こした。

進兄さんに逮捕されたのは、まさにグローバルフリーズが起きたあの日だったという。

西堀はテレビ局の女性アナウンサーを誘拐、監禁し身代金を要求する動画を流した。

それは進兄さんが追っていたネオシェードという反政府組織が使っていた手口だったが、西堀はその手口を巧妙に模倣した。

ネオシェードが壊滅した今、この手口と同様の動画を公開して犯行予告をするということは、「俺は西堀だ」と警察に対して挑戦しているようなもんだ。

さらに、西堀にはロイミュードとの接点もあった。

西堀は逮捕直前に姿と記憶をロイミュード００５にコピーされていた。

西堀をコピーした００５は、再びアルティメット・ルパンを名乗って社長令嬢誘拐事件を起こした。

その模倣犯罪は、005が西堀の心に刻まれた泊進ノ介に対する強烈な「復讐」という感情に感化された結果、引き起こされたのだ。

005はドライブが倒したが、投獄された西堀本人の復讐心は今も消えていないということだ。

集団脱獄の数時間前、収容中の西堀も独房から姿を消していた。

文字通り煙のように消失したのだ。

この一連の事件の主犯は西堀光也とみて間違いない。

それが警察の見立てだった。


犯人によってアップされた動画を見る俺に、いや、ここにいる全員に戦慄が走った。

画面には金色のマントにモアイ像のような仮面を被った人物の姿。

その仮面はかつてタブレットの中でデータ生命として存在した蛮野天十郎の擬人インターフェイスそっくりで、マスクの男が名乗るミスターXとは、やはり蛮野が俺たちを罠《わな》にはめるために使用した偽名であり、それを最初に使ったのは俺でもあった。

吐き気を覚えるほどの嫌悪感。

ロイミュードとの戦いの中でも、精神的に最も辛い時期の記憶が甦り、俺の体中の血液が激しくめぐるのを感じた。

蛮野を模した仮面は、自分自身ではなく椅子に拘束した若い女性に拳銃を突きつけ、犯行声明を代読させていた。

「女性は数日前から行方不明になっていた杉並区在住の女子大生、三神沙耶《みかみさや》。つまり西堀が脱獄する前に、誰かに誘拐された可能性が高い」

進兄さんの説明に、誰もが眉間にしわを寄せる。

「さあ……クイズの時間だ。イブの夜。儀式の始まり。機械生命体。共感した五人の同志。それはだ〜れだ？」

動画はそこで終わっていた。

クイズ形式の予告文だったが、その答えを考えるにはすでに遅いことは誰にとっても明らかだった。

「浅村、坂木、多賀、根岸、そして仁良。このクイズの解答はもう出ている」

それは確かに、仁良たちロイミュードに関わった五人の囚人の集団脱獄を予告していた。

「犯行予告を、クイズで出題？　腐りきってるなぁ」

怒りが収まらなくて、ついつい下品な言葉が飛び出す。

俺たちはロイミュードとの戦いで知った。

本当の悪意は人間の中にしかない、ということを。

俺の中で、再びロイミュードという言葉が意味を持ち始めた。

ロイミュードの開発者の息子であるという呪いが、再び俺の心を重くするのを感じた。


「ん？　このクイズの文言——、どっかで……」

そこまで何か言いかけた究さんが、別の何かに気づき「あ！」と声を上げる。

「たった今、ネットに新しい予告動画が配信されたよ！」

究さんがパソコンのキーボードを叩くと、大型モニターにネット動画が流れた。

そこにはまた銃で脅される沙耶の顔が大写しになっている。

「さあ、クイズの時間だ」

沙耶は、前回の動画と同じように怯《おび》えながら予告文を読んでいた。

「マザーグース。口笛。スクープ。落ち損ねたロンドン橋。それ、ど〜こだ？　タイムリミットは、一時間」

そこで動画は終了した。

こいつ、完全に俺たちに向けて挑戦してきてやがる。

ロイミュードとの戦いを演じた俺たちに。

俺は昨日の仁良の視線を思い出しながら、今度は大きく深呼吸をして心を落ち着かせた。

進兄さんはもう一度動画を再生し、予告文を聞いて「つながった」と呟いた。

「りんなさんの言う通りだ。市民に被害が出ることだけは絶対防がないと」

「怒ってる場合じゃないわよゲンパチ。今は予告の謎を解くのが先決」

怒りの追田のおっちゃんが机を叩く。

「またクイズか！　ふざけやがって‼」

並べられたキーワードは全て過去に起きたスクーパーロイミュードによるビル連続崩落事件を指し示していることは俺にもわかる。

でも、これからどこのビルが崩落するというのか。

「落ちなかったロンドン橋。つまり過去の事件で俺たちが崩落を防いだ場所だ」

「国際スポーツスタジアム！」

と、叫んだ究さんが、すぐに検索にかける。

「今はスポンサーが変わってオリオン総合スタジアムと改名。今日は少年サッカー大会で約三千人もの人間が集まってるよ！」

その言葉が終わる前に全員が出動の準備を整え終わっていた。

「特状課、出動――!!」

なるほど、道場には相応しい。

特状課に威勢のいい本願寺さんの命令が響き渡った。

【第2章】

怪物の子はなにを語るのか

私の目の前で、スタジアムの座席が大きな音を立てながら崩れていく。
人々はすでに避難をしたようだが、その音だけで悲鳴を上げる様子が想像できる。
この世のものとは思えない規模での倒壊。
すでに人々は昨夜に大規模な停電を経験している。
この大爆発を目の当たりにする人間たちの恐怖はいくばくのものか。
この様子は映像データとして収めた。
後はネットワーク上に落とすだけだ。
その時に私の足跡がネットワーク上に残ると思うかい？
そんな馬鹿は犯さない。

人間には、私の居場所を探そうとしても無理だ。
探せば探すほど遠ざかるし、触れようとしてもその手から零《こぼ》れ落ちる。
だが、私からは人間たちが見える。
いつ、どこにいても手にとるように全てがわかる。

現代には人間を監視できるツールが至るところに張り巡らされている。

監視カメラ。コンピューター。携帯電話。

それらは全てネットワークの制御下にあり、そのネットワークは驚くほど脆弱《ぜいじゃく》で穴だらけだ。

私はどこにでも逃げられるし、どこにでも出現できる。

私は自由だ。

私は、いつでも仮面ライダーの目の前に現れる。

いつでもろうそくの火を消すように、仮面ライダーの命を消し去ることができる。

でも、今はそのプロセスを楽しもうじゃないか。

一瞬で終わらせるにはあまりにもったいないし、何より私の復讐心が満たされない。

まずは人間たちを見下し、ささやきかけ、そして操ろう。


十二月二十六日。

警視庁・特状課には昨日と同じメンバーがいた。

スタジアム崩落の状況はリアルタイムでネットに「スクープを激写！」としてアップされていた。

写真と動画の違いはあれ、事件は間違いなくスクーパー事件を模倣していた。

かつてスクーパーロイミュードは人間と結託して、建造物破壊を犯した。

建物の写真に触れるだけで巨大な物体を破壊できる恐るべき能力は、当時の世間を震撼《しんかん》させた。

今回もスクーパーの時と同様の建造物の破壊が行われたのである。


少年サッカーの試合は急遽《きゅうきょ》中止され、爆発の瞬間までに危険を回避することはできた。

だが爆発物を探す猶予はなかった。

なんとか時間内に全ての人間の避難が完了した直後。

予告通り、轟音と共にスタジアムの客席が崩落した。

俺たちは地団駄を踏みながら、ただその火柱と土埃《つちぼこり》を眺めるしかなかった。

究さんがスタジアムの監視カメラを確認したが、人の出入りも激しく、それらしい人物は見当たらなかった。

ただし、破壊そのものはロイミュードの特殊能力を人間が再現したものに過ぎないと結論づけられた。

現場検証の結果、崩落の原因はスタジアムを支える柱に仕掛けられた爆弾と判明。

建築構造にかなり精通した人間が関わっている可能性が高かった。

さらに爆弾製造にも特殊技術が必要だ。

動画を撮影しネットにすかさず配信した人間もいる。

事件には西堀と脱獄犯の他にも複数の共犯者がいるのかもしれない。


当時スクーパーロイミュードの共犯者だったカメラマン、久坂俊介《くさかしゅんすけ》は今も服役中だった。

進兄さんが久坂を取り調べた結果、彼は過去の自分の罪を悔いていた。

友人であり、報道畑の相棒の高杉《たかすぎ》との約束、もう一度報道カメラマンとして復帰する夢を諦めず、出所を目指していることがわかった。

それが今回の事件でのせめてもの救いだった。


追田のおっちゃんの怒気は昨日のそれよりも遥《はる》かに上がっていた。

「西堀の野郎……。いったいどこにいやがる！」

剣道場に並ぶ竹刀の一本を摑みあげると、怒りをぶつけるように防具をつけたマネキンの面にそれを振り下ろした。

ロイミュードと関わりの深い囚人たちが脱獄した直後、ロイミュードの事件をなぞる崩落が起きた。

　これは特状課と仮面ライダーに対する挑戦と取ってもいい現象だ。

　予告をされながら、やすやすと犯罪を行わせてしまったという焦燥感が特状課の部屋に立ち込めた。

　それをあざ笑うかのように、新たな予告動画のアップロードが究さんから知らされた。

「きた！　またたよ。今回もこの女の子からだ」

　同じ場所でミスターXに銃を向けられた沙耶が、今回もXの要求を代読している。

「これまで、我々が起こした事件は、単なる犯罪ではない。聖なる儀式だ。まだ儀式は始まったばかりであり、これからも続く。約束の時間が果たされるまで。さあ、クイズの時間……」

　今回が今までの映像と違っていたのは、この言葉を最後に沙耶が「助けて‼」と叫んだことだ。

　それは、犯人の要求を読み上げている時とは全く別の種類の声、心の叫びだった。

　だけど、次の瞬間――、「ドン！」と全く予想しなかった衝撃音が響いた。

　Xの銃から灰色の硝煙が舞い、沙耶の姿は赤色の尾を引きながらフレームアウトした。

　同時に動画がブツリと途切れた。

　誰もが「ああっ……」という落胆の吐息と共に、驚きの表情を露わにした。

「人質を……撃ちやがった」

俺の口からは不意にその言葉が出ていた。

続けて進兄さんが感情を押し殺すように言った。

「西堀光也は今まで人殺しをすることはなかった。だが今回は……、あっさりその命を奪った。奴の復讐心は前とは比べ物にならないほど大きく膨らみ、醜く歪んでしまった……」

スタジアム崩落の事件を見ても、今回の犯人が人命をなんとも思っていないことは明らかだ。

次の犠牲者が出るのはなんとしてでも防がなければならない。

だが予告動画の配信元は海外サーバーをいくつも経由しているため、特定は不可能だという。

画面に場所を特定するヒントも発見できなかった。

以前のロイミュード関係の事件を分析したが、今回の事件は時系列順に起きてはおらず、当時の主犯であるロイミュードのコピー元が死亡、失踪しているケースもあり、予測は困難だった。

「八方ふさがりだ……」

かつて、特状課がこれほど落胆の空気に包まれたことがあっただろうか。

こんなに大胆な事件を許していながら、なんの手がかりも摑めないなんて……。

確かに、ロイミュードとの戦いではベルト型となったドライブシステムの開発者、クリムの存在が大きかった。

シフトカーたちの司令塔となり、ロイミュードの出現や事件の発端を察知する能力は今よりも格段に高かったことは確かだ。

一旦ロイミュードの正体を摑めば、特状課のメンバーたちの力で次々と点と点をつなぎ、それらはあっという間に線になったものだった。

だが、今回はその犯人の正体の尻尾さえ摑めない。


仕方ない、ロイミュードは二年前に撲滅したんだ。

クリムはもういない。

それに、今回の事件は全て人間の手によって起こされている。

人間の手によって解決できるはずだ。

何か糸口はないのか？

人間とロイミュードをつなぐ接点。西堀光也とロイミュードをつなぐ接点――。

西堀……。そうだ！

「俺、ちょっと行ってくるわ」

それは、停電から復活したあの夜の高速のライトなんかよりもよっぽど弱い光だった。

でも、俺には走り出すことしかできなかった。

俺は剣道場の扉を強く引いた。


透明な板で真っ二つに仕切られたその部屋はとても静かで、俺の胸の鼓動が自分自身にドンドンと跳ね返ってきた。

ここに座っていると、どっちが尋問を受けるべき人間なのかわからない錯覚に陥る。

そんな俺の前に、やがて看守に連れられ一人の女性が現れた。

西堀令子《れいこ》。

彼女はかつて俺を利用した犯罪者であり、西堀光也の娘だった。

俺の心の闇を引き出した、シーカーロイミュードの事件からすでに一年半が経過していた。

西堀令子は仮面ライダーである俺の家族の情報を手に入れ、その心の隙につけいった。

シーカーと融合進化することで、それまで俺がひた隠しにしてきた父親がロイミュード開発者であるという闇を暴露した。

今回、令子と相対するということがどういう意味を持つか、俺にはわかっていた。

また俺の心の闇をさらけ出すことになる。

じゃないと、あっちも何も教えてはくれないだろう。

さらけ出してやろうじゃねぇか。

俺の何もかも。全部。


令子は俺の姿を見るとぶっきらぼうに話しかけてきた。

「もしかして、あなただったの？　私のことずっと監視してたの？」

俺はいったい何のことかわからなかった。

「なんのことだ？」

「まぁ、いいわ。で、何の用？　まさか今更騙《だま》された恨み言でも言いに来たの？」

「姉ちゃんの大事な結婚披露パーティーが中止になった」

「はあ？　私になんの関係もないでしょ？」

嘲笑する令子は、興味なさげに看守に「面会終了」と立ち上がった。

だが、〝姉ちゃん〟というキーワードに疑問の態度を示さなかった。

つまり、俺のことは憶えているということだ。

「おい、待てよ！　アンタも関わってるんだろ？　このムカつく模倣犯罪に！」

「……模倣犯罪？」

その言葉に令子は立ち止まった。

「そう、コピーキャットだ！　この事件にはアンタの父親が――」

「詩島剛、だっけ？」

俺の言葉を遮り、令子の冷笑は続いた。

「あの時からまるで成長してない。怒りっぽいガキのままじゃない」

「これでも昔より大人になったって褒められたばかりなんだがな」

「誰に？　あぁ、大好きなお姉ちゃんね！　それって、ただのシスコンじゃない」

「なんだと、てめぇ……！」

「ほら、怒った！　よっぽど嬉しかったのね、お姉ちゃんに褒められたことが。あ～あ、私損したわ。あの時はロイミュードの力を借りたけど、その必要なかったかも。あなたなら、ロイミュードなしでも勝手に腹を立てて自滅してくれる」

「ぶっ殺す！！！」

ガン！　と透明なアクリル板を殴り付け、俺は令子を威嚇した。

俺の心には複雑な感情が入り乱れていた。

俺自身を侮辱されたことに怒っているわけじゃない。

姉ちゃんを侮辱したこと。

そしてロイミュードという言葉を簡単に出したこと。

今回の事件がロイミュードの事件と酷似しているせいか、ロイミュードというキーワードは、その開発者であり俺の父親である蛮野を思い起こさせる。

「やめなさい！」

看守の注意は犯罪者である令子ではなく俺に向けられた。

「まぁ、ロイミュードなんて役に立たないから全滅したんだろうけど……」

「やめろ、てめぇ！」

さらにロイミュードを侮辱したことが、俺の中でチェイスとつながった。

そんな状況に対して、令子はさらに笑い声を大きくした。

その顔には、入室時よりも生気みたいなものがみなぎっているようだった。

俺と令子は睨《にら》み合《あ》った。

どれほどの時間かわからなかったが、俺はその間にまた透明な壁を何度か殴り付けていたに違いない。

「ここまでだ。君もさがりなさい！」

看守が令子を接見室から連れ出し、面会は終了した。

結局、俺は西堀令子によって前回と同じ目に遭った。

心を操られ、怒りの感情を高められたことで目的を何一つ果たせなかった。

さまざまなコンプレックスを俺は引きずったままで、何の罪もない姉ちゃんのことを引き合いに出されたことに、まんまと腹を立ててしまった。

父親である蛮野に別れを告げ、その怪物の息子であるという劣等感を乗り越えたつもりだったが、やはりそうはいかないらしい。

否応なく、怒りと憎しみが心の奥底から湧き上がる。

まだ自分の中では完全に決着はついてはいないのか——。

いや、このままじゃダメだ。

俺だって変われるはずなんだ。


俺の脳裏にチェイスの最期が、そしてアメリカでのとある事件——無残に殺害されたあいつの死に顔が甦る。

「チェイス。イーサン……」

呟いた時、刑務所の前をとぼとぼと歩いていた俺に声がかけられた。

「何か収穫はあったのか？」

声は停められた特状課のワゴンからだった。

そのサイドドアは全開にされていた。

後部座席から足を外へ放り出したまま座る狩野が、サングラスを取りながら俺を見た。

「……ついてきたのか」

「言ったはずだ。お前のフォローが俺の任務だ」

「そうだったな」

「どうやら、その顔、収穫はゼロか。目の付け所がいいと感心していたんだがな」

「はぁ？」

「この関東中央刑務所には二つのエリアが存在している。一つは無期の禁固刑に処せられた者のエリアでＩエリア。そしてもう一つは女の囚人たちのＷエリアだ。二日前の夜、ロイミュードと関わりを持った囚人ばかりが脱走を遂げた。この刑務所のＩエリアにいた西堀光也がそうだった。しかし……、同じ場所にいた娘は脱走しなかった……。なぜだ？」

「なるほど……」

俺は狩野の言葉を聞いて、直感だけでここにきた自分が少し恥ずかしくなった。

だが、狩野は過去の記録を調べ、俺がなぜここへ来たかも理解していると言った。

「西堀の娘には、随分ひどい目に遭わされたようだな」

「うるせー。お前には関係――」

「行くぞ」

言葉を遮り、狩野がワゴンに乗り込む。

「行くって、どこへ？」

「現場だ。犯人から次の予告動画がアップされた」


倒される前のドミノのように、整然と等間隔に連なった団地が俺の目の前に広がっていた。

車窓に流れるその真っ白な建物の外には黄土色になった芝生の公園が広がっているが、そこに人っこ一人いないことが俺を不安にさせた。

特状課のワゴンがその団地の中に入った瞬間、定まらなかった俺の不安は確信に変わった。

「まさか、ここが……」

車から降りて俺は狩野にそうもらした。

「予告文のクイズを解いた結果、この夏目台集合団地の住人たちを全て昏睡《こんすい》状態にする可能性が極めて高いそうだ。そんなことが人間にできるのかは知らんが」

狩野は無表情に言うと、タブレットでミスターXの予告動画を俺に見せた。

今度も沙耶とは別の若い女性が予告文を代読させられていた。

身元は現在調査中らしい。

「さあ、クイズの時間です。幸せな家族。握手。露わになる本性。争い。弟。この事件ってな〜んだ？」

そこで動画は終了。

間違いない。

西堀は今回、俺が罠にはめられた、あの事件をコピーしようとしている。

彼の娘、令子がシーカーロイミュードとなって起こした卑劣な事件を。

もしシーカーの能力が発動されれば、人々は自分の心の闇を爆発させる。

闇とは「どうして自分だけ」「自分は不幸だ」という卑屈な感情だ。

それは、やがて他人への怒りとなって出力され、シーカーによって操られた人間は他人に危害を加えるようになる。

激しい怒りが湧き上がり、俺は「クソ！」と思わず叫んでいた。

「大丈夫か？」

狩野がまた無表情に言う。

「そんな興奮状態で捜査が続けられるのか？」

その冷静な顔に俺はチェイスに突っ込まれたような錯覚を覚えた。

「ああ、心配ない」

クールダウンできたのはその錯覚のお陰だった。

「で、ここの住人たちは？」

「もちろん、避難させた。今ここにいるのは全て捜査員だ」

言われて集合団地を見回して、俺の記憶はシーカーの事件のことを思い出し始めた。

「弟……」そう、この団地で俺は相馬頼子《そうまよりこ》の失踪した弟を発見した。

だがそれは全て西堀令子が巧妙に仕組んだ罠だった。

令子は相馬頼子という存在しない人間になりすまし、俺に弟の捜索を依頼した。

だが、その時すでに令子はシーカーロイミュードと手を結んでいた。

俺は知らず知らずのうちに、シーカーの能力の影響を受けていたらしいのだ。

必死に見つけ出した弟は結局全く関係のない人物だった。

家族の絆《きずな》を信じて、虚像の弟を探し出してピエロとなった俺を令子は嘲笑った。

さらに俺の家族を侮辱した。

仮面ライダーである俺をロイミュードの手によって翻弄し、コントロールする。

その作戦は成功したのだ。

令子の計画通り、知らないうちに俺の心の闇は取り返しがつかないくらい膨れ上がってしまった。

ここまで思い出した時、俺の脳裏に一つの疑念が思い浮かんだ。
犯行予告の映像がアップされたのは、俺が令子に接見した時間の直前だった。
これは偶然なのか？
令子と数年ぶりに接見したタイミングで、この事件が模倣されるなんて。
偶然にしてはできすぎている。
空港から感じていた視線。
俺のことを憶えていた令子。
刑務所から脱走した囚人たち。
一方、未だ投獄中の令子。
令子と父親との共犯？
獄中からなんらかの方法で父親と連絡を取り合っている？
だから、今このタイミングで、この場所を——。

刹那、俺の思考を激しい叫び声が中断させる。
捜査中の警官数人が暴れ出したのだ。
最初はささいな口論だったものが、やがて殴り合いの喧嘩《けんか》となり収拾がつかなくなっている。

ウィルスが急激に感染するように、暴力を振るう人間の数を瞬く間に増やしていく。

感染。

それはまさにシーカーロイミュードが人々の醜悪な精神だけを膨らませ暴走させた、あの事件と酷似している。

フラッシュバックする過去の記憶に頭痛を覚えながらも、俺は無我夢中で走り出し、争いを止めようと突っ込んでいた。

「やめろ！　やめろぉ!!」

俺は反射的に暴れる人間たちの掌を見た。

だがそこにシーカーの能力に感染したことを示すマークはなかった。

これも人間の仕業なのか？

「剛！　あそこだ！」

狩野の声で振り向いた俺の視界の先に、逃げ去る男の姿が見えた。

「待て！」

俺と狩野が追いかけようとした時、それを凶暴化した周囲の警官たちが妨害した。

「おい、離せ！」

さすが警官だけはあって、その腕力は半端じゃない。

もみ合っている中で俺たちは男の姿を見失ってしまった。

直後――、まるで逃亡した男との距離と比例するかのように、警官たちが次々と我に返った。

それはまるで、催眠術を使ったマジックを見ているかのようだった。

一連の警察官たちの錯乱騒動で、警視庁は混乱を極めた。

俺たちは剣道場の暫定特状課から出て、捜査一課が常時使用している大会議室に集合した。

特状課と捜査一課の刑事たちによる合同捜査本部が立ち上がったのだ。

捜査会議が始まったのは夜の十時を越えてからのことだった。

だが警察官たちが利用された事件だけあって、相当な数の捜査員たちが集まっていた。

巨大モニターには、ネットに配信された集合団地での様子が再生されていた。

あの逃亡した男が撮影していたものだ。

「この現象は一種の催眠音波が原因で起こったと思われます」

りんなさんは現場を調査。特殊な音波が発信された痕跡のある増幅装置を現場からいくつも発見したらしい。

「でも実際、人間を凶暴化させる音波など存在するのかね？」

捜査一課長が疑問を呈した。

「過去にあるカルト集団が音楽によって集団ヒステリーを起こさせた例や、ハンガリーの『自殺の聖歌』とも呼ばれる『暗い日曜日』のレコードを聞いた人間が次々と命を断った例など、ある特定周波数の音波が人間の精神に強い影響を与えることは確かです。今回のケースは、そのような特殊音波の研究者の技術を応用した可能性が高いと思われます」

「その研究者って、もしかして……」

本願寺さんの言葉に、りんなさんは表情を固くして続けた。

「はい。ロイミュード０３０、ボイスロイミュードの共犯者であった応用物理学者、笹本《ささもと》喜三郎《きさぶろう》の研究です」

俺を含めた三年前の事件を知る者全員が、驚愕《きょうがく》の表情を浮かべた。

笹本という音声研究者は、大学時代にりんなさんがずっと心に想い続け、そして離別した恋人だ。

三年前、笹本は再びりんなさんの前に現れ、ロイミュードと結託して自分の研究を極め音の作用によって人間をコントロールしようとした。

かつての最愛の人間が犯罪に手を染める瞬間を、りんなさんは目の当たりにすることになったのだ。

追田のおっちゃんが他の捜査員よりも一層心配そうな顔でりんなさんを見つめていたことに俺は気づいていた。

でも、その心配をよそに今のりんなさんは毅然《きぜん》とした姿勢でその事件を淡々と分析してみせた。

過去の苦い記憶を完全に乗り越えたのだ。


進兄さんがすでに笹本の取り調べを終えていたようで、取り調べの状況を報告する。

さすがにロイミュード絡みの事件となると捜査一課よりも特状課が常に一歩リードしている。

進兄さんの報告によると、笹本自身が事件に関与した可能性はゼロだった。

笹本は逮捕されて以降、反省の色を示し続け模範囚とされていた。

事件前後にも外部との連絡の痕跡は認められなかった。

つまり笹本の特殊音波の研究を利用した何者かは、過去の笹本の研究を分析したということになる。

最初はシーカーロイミュードの事件のコピーだと思われた今回の現象は、蓋を開けてみればボイスロイミュードの手口が利用されていた。

ロイミュード犯罪の複合型。

ロイミュードを知り尽くさなければできない犯罪であることは確かだし、かなり高度な模倣犯罪だ。

もう一つ重要なのは、この複雑な模倣犯罪を解読できるのが特状課と仮面ライダーであった俺たちだけだということだ。

つまり、犯人は俺たちにだけわかるメッセージを送っている。

『ロイミュードとの戦いはまだ終わっていないぞ、仮面ライダー』と。


それにしても、事件が重ねられれば重ねられるほど、犯人像が西堀光也から遠ざかっていく気がしてならない。

確かに西堀は模倣犯罪のプロと言っていい人物だが、何かが違う気がするのだ。

「今度こそ尻尾を摑んでやる」

俺が会議室を去ろうとした時、りんなさんが誰よりも冷静な態度で俺に告げた。

「剛君。わかってると思うけど、怒りの感情は目を曇らせる」

「……ああ」

わかってるさ……。

あのシーカーの事件の時だってそうだった。

令子に心の闇を引き出された俺は、結局その後ロイミュードたちと言葉を交わし協力をする行動を取った。

憎むべきロイミュードの言葉に耳を貸したのだ。

結果として俺は蛮野博士が閉じ込められたタブレットを奪うことができたが、それはただの幸運に過ぎなかった。

一歩間違えていれば、命を落としていたかもしれないし、誰かの命を奪っていたかもしれない。

りんなさんの言葉に、ここまでの自分の捜査姿勢に反省の気持ちが生まれていた。

冷静にならなければ。

今回の事件を通して俺自身が証明しなければならないのだ。

人は変われるということを。

俺は二度と同じ失敗をするわけにはいかないんだ。

そんなことを心の中で反芻しながら、俺はいつもより少しスピードを落として、桜田門の交差点をバイクで突っ切っていった。

十二月二十七日。

「剛君。またお姉ちゃんに叱られたのかしら？」

令子の声には昨日の別れ際と同じ響きがあった。

見下す対象が、餌がやってきたとばかりにやる気になっているのだ。

性根が腐っている。

だが、昨日と同じことを繰り返すわけにはいかない。

「無駄だ。もうそんな挑発には乗らない。今回の一連の模倣犯罪の主犯は、アンタの父親にほぼ間違いない。そう警察は考えている」

「ほぼ？　違う可能性もあるってこと？」

「奴はグローバルフリーズ当日、逮捕されてからずっと牢獄《ろうごく》の中だった。その人間がここまで正確に過去のロイミュード事件をなぞっているのが、俺にはどうも腑《ふ》に落ちない」

「どういう意味？」

「つまり誰か共犯者がいる。西堀光也にロイミュードの情報を伝達した人間が。俺はそいつがむしろ、主犯の可能性もあると、疑ってる。現在までに起きた事件はアンタが逮捕されるまでに起きたロイミュードの事件の模倣犯罪に限られている」

「まさか……私を疑ってるわけ？」

確信があったわけじゃない。

むしろ何の根拠もなく鎌をかけているだけだ。

だがこうでもしないと、この女には心を見透かされてしまいそうだ。

「バカじゃないの」

「とぼけるな。集団ヒステリーを起こして互いに争わせる。アンタがロイミュードと起こしたあの事件と同じじゃないか。卑劣な真似しやがって！」

「あら？　今回は怒らないいんじゃなかった？」

不敵に笑う令子を前にして、俺は必死に冷静を装った。

「いいか……もう一度、聞く。アンタは、この事件に関わっているのか？」

「もしそうだとして、何しに来たの？　どうしたいわけ？　私が何かしゃべるとでも思ってるわけ？　やっぱあなた、バカよ。昔と何も変わっちゃ――」

「人を殺したんだ！　アンタの父親は」

「……え？」

「誘拐した女子大生を射殺した」

「……嘘よ」

令子の表情が深刻なものに豹変した。

「本当だ。自分の犯罪を誇示するためにその様子をネットで流した。何がコピーキャットだ！　他人の名を騙《かた》って人を殺すなんて、アンタの父親は最低最悪の卑怯者だ!!」

これは俺と西堀令子の、二人の精神と精神の戦いだった。

一度は心を操られた俺だったが、ここで前回の二の舞になるわけにはいかない。

事件は現在進行中であり、今のところ手がかりはこの女にしかないのだ。

いや、この女にすらないかもしれない。

姉ちゃんの幸せそうな顔。

英志のあどけない顔。

俺はそれを守りたいんだ。


さっきまで薄ら笑いを浮かべていた令子の顔は、今やその影もなかった。

一瞬の静寂の後、金切り声が俺の耳に突き刺さる。

「ええ。そうよ!!」

俺の体を押し戻すかのように叫ぶ。

「それがどうしたっていうのよ！　知ってるわよ、あの男が最低の人でなしだってことは!!　敗北者よ!!　負け犬よ!!」

その様子はさっきまでの令子の態度とは全く違っていた。

俺にはその令子の態度が言葉とは裏腹な感情を孕《はら》んでいることを知っていた。

シーカーロイミュード事件の際、警察に捕まる前に令子は涙を流した。

令子はあの時、仮面ライダーに対する父親のための復讐を否定して俺にこう言った。

「私は父を超えたかった！　私を殺せば、私が探求した最高の犯罪が完成したのに！」

言葉と矛盾した涙という感情表現は、今目の前にいる令子と同じだ。

令子は西堀光也を父親として愛情を持っている。

もしくは西堀からの愛情を欲しているのか――。

俺は令子がとり乱すのを見て、そう直感した。


「帰ってよ！　帰れ!!　二度と来るな！！！」

昨日とは全く逆の様相。

二人の間にある透明のアクリル板を乱暴に叩く令子を、看守が必死に止めようとする。

その腕を振り払った彼女は、自らその向きを変え俺を残し、接見室から消えた。

俺にはその背中を見送ることしかできなかったが、今までとは風向きが変わったことを感じた。

「どうだった？」

刑務所の外には、また特状課のワゴンから足を放り出した狩野が待っていた。

「その顔、またも成果なしか。本当に使えない奴だ」

サングラスを外しながら、最後にボソッと貶《けな》され、

「うるせー。俺はお前のダチじゃねー」

俺は反射的にチェイスに言う調子で切り返していた。

「あ、いや。今のは、なし。忘れてくれ」

「……いや。確かにその通りだ。俺がお前を手伝うのは、あくまで仕事だ。仕事の話をしにきた。二人目の代弁者の身元が割れた」

「なに？」


狩野によると、二人目の人質の女性は一流商社に勤めるＯＬ、天野《あまの》千草《ちぐさ》。

現在、殺害された女子大生の三神沙耶と何か共通点はないか捜査中だという。

落ち着く暇もなく、俺の携帯が振動した。

「着信　進兄さん」の表示に俺にまた悪い予感が走った。

「剛！　現さんが！」

その声の調子に俺は不安が的中したと思った。

「刺された。重傷だ。すぐに警察病院まで来てくれ」


警察病院の廊下は午前中だというのに人がまばらでほの暗い雰囲気に包まれていた。

いや、そう見えたのは俺の気持ちの焦りのせいかもしれない。

全速力で廊下を駆け抜けて、階段を上がると俺と狩野は集中治療室前の廊下にいた進兄さんの背中を見つけた。

「進兄さん！　おっちゃんの具合は⁉」

俺はここが病院だということも構わず叫んでいた。

進兄さんは振り返って静かに近づいてくると悔しそうな表情で答えた。

「昨日の夜、ナイフで腹部を刺されたらしい。まだ目が覚めてない」

「いったい誰が？」

「……宇津木と名乗っていた男。浅村誠だ」

姉ちゃんを連れて車を走らせたあの大停電の夜に聞いた脱獄犯の名前。

何よりも、俺を罠にはめた因縁のある男の名前だ。

かつて復讐代行サイトを立ち上げ、殺人まで犯した宇津木。

その宇津木を炙《あぶ》り出《だ》すために起きた事件がジャッジロイミュードの事件だった。

結局、宇津木は追田のおっちゃんがデカ魂で逮捕したが、宇津木の復讐心はどうやらまだ冷めていなかったらしい。

西堀光也。西堀令子。浅村誠。

ロイミュードの事件に関わり、仮面ライダーを憎む人間たち。

その復讐心とロイミュードによってもたらされた心の歪みの途方もない大きさに、俺は今直面していた。


集中治療室の前の廊下にいたのは進兄さんだけじゃなかった。

頭を抱え、明らかに眠っていない様子の憔悴《しょうすい》したりんなさん。

そしてもう二人。橘《たちばな》さんと岡島秋絵《おかじまあきえ》さんだ。

秋絵さんは宇津木によって、たった一人の家族である兄を殺害された。

しかも、その兄は真犯人である浅村に犯罪者の濡れ衣《ぬれぎぬ》を着せられたまま死んだのだ。

彼女は犯罪者の妹として辛い思いをしてきた。

その事件を解決できず、真犯人である浅村に対する怒りをつのらせていたのが、その事件を当時担当していた元刑事の橘さんだった。

橘さんは、浅村への復讐心からジャッジロイミュードと共謀した。

ジャッジロイミュードに復讐代行犯罪を行わせることで、雲隠れしていた真犯人・浅村を炙り出したのだ。

結局、浅村は逮捕されたが、おっちゃんの師匠筋にあたる橘さんの元刑事としての名前は汚されてしまった。


橘さんが無念そうに言葉を絞りだした。

「俺のせいなんだ。現が刺されたのは、俺の……」

橘さんは事件のいきさつを語ってくれた。

ジャッジロイミュードの事件の際、進兄さんの温情によって橘さんが裁かれることはなかった。

それでも橘さんは自分のした罪の重さに悩み続けたという。

そして、あることをきっかけに警察に自首した。

ロイミュード001をドライブが打倒したことで、警察内部にはある現象が起きた。

かつて泊英介と関わった刑事たちに英介の記憶が戻り始めたのだ。

英介の殉職がロイミュードによって捏造《ねつぞう》されていたという事実は、警察関係者に大きな衝撃を与えた。

それは元捜査一課で英介と顔を合わせていた橘さんにとっても例外ではなかった。

橘さんからも001の影響で英介の記憶が抜けていた。

英介を罠にはめたロイミュードの力。

それと同じ力を利用した自分の罪の重さを再び深く感じるようになったのだという。

こうして、橘さんは自首した後、運用が始まったばかりの機械生命体措置法に基づいて裁判を受けた。

その結果、執行猶予が言い渡され、今は秋絵さんの親代わりとして生活していた。


そんな橘さんのもとにジャッジと名乗る何者かからの復讐予告メールが届いた。

標的は橘さん自身。

メールはまさにあの大停電の夜、囚人たちが脱走したあの夜に送りつけられていた。

そのことを秋絵さんから相談された追田のおっちゃんは、あの夜以来橘さんには内密にできる限り見張りを続けていたらしい。

昨日の捜査会議が終わった夜深く、橘さん宅の見張りをするおっちゃんの前に宇津木こと浅村が現れたのだ。

容赦なく玄関ドアのガラスを割る浅村に気づいたおっちゃんは一目散に走った。

そして、橘さんがいる部屋に今にも侵入しようとしていた浅村に飛びかかっていったらしい。

もみ合いの末、追田のおっちゃんはナイフで刺されながらも気合の一本背負いで浅村を失神させたという。

「バカな野郎だ……。本当に大バカ野郎だ……。現、すまねぇ、現！」

橘さんの嗚咽《おえつ》にも似た言葉が廊下に響いた。

秋絵さんも涙を流し、責任を感じているようだった。

「大丈夫よ、ゲンパチなら。絶対大丈夫……」

目の下にクマを作ったりんなさんが自分に言い聞かせるように呟いた。

俺は拳を大きく振りかぶって廊下の壁を叩きつけた。

その壁にはたくさんの傷があった。

この集中治療室の外で待つ数々の人たちの願いや祈りがぶつけられているのかもしれないと思った。

俺は、また怒っていた。

拳の痛みが怒っている自分自身に気づかせてくれた。

その拳でこの怒りは終わりにしようと思った。

「怒りは目を曇らせる」

そう言ったりんなさんを信じて。

俺は深呼吸をすると、下を向いたままのりんなさんに近づいた。

「りんなさん、ちょっと話がある」


警察病院の屋上には冷たい風が吹いていて、俺の熱くなった頭を冷ますにはちょうどよかった。

冷たさが、りんなさんの心の悲しみを凍てつかせて止めてくれないかな。

そんなことを思った。


「何？　話って……」

「今回の事件って、本当に人間だけの仕業なのかな？」

「――そうよ。スタジアムの爆発だって人が造った爆弾によるもの。この間の警察官の錯乱だって、私が説明したでしょ。全部、人間の手で実現できる……」

「理屈はわかってる。でも、ここまでロイミュードの事件をなぞられたら――。いや、そうだ。俺はもう疑わない。そう決めたんだった……」

そこまで言って、俺はりんなさんにあるものを差し出した。

「これ……。シグナルチェイサーじゃない。剛君が持ってたの？」

「ああ。俺、まだ諦めてないんだ。あいつを――、チェイスを甦らせる日が来るって信じてる」

「剛君……」

「りんなさんもそうだろ？　知ってるよ、俺。りんなさんも、仮面ライダーを諦めちゃいない、って。クリムの最後の言葉を実現しようとしてる、って――」

「そう……なんだけど。私には、まだどうしていいかわからない」

「俺は考え続けるよ。蛮野は極端に悪い方に傾いた。そのせいでロイミュードのほとんどは間違いなく悪だった。俺はそれを撲滅しようと焦って、たくさん間違いを犯した」

りんなさんにも、俺の言う間違いの意味はわかっているようだった。

りんなさんは小刻みにうなずいているようだったが、それは寒さに震えているだけかもしれなかった。

「でもチェイスのお陰で気づいた。完全な善意に基づいたロイミュードを生むことができるかも、って。だから、りんなさんも研究を続けて欲しい」

「え？」

「この事件の先には、なんだかよくわからないけど……仮面ライダーが必要な気がするんだ」

「ど、どういうこと？」

「とてつもなく深い闇を感じるんだよ。ロイミュードなのか、何なのかわからないけど、真っ黒な闇を。それを砕くためにもう一度、仮面ライダーが必要な気がするんだ。だから、ドライバーやシフトカーの研究を続けてくれ。俺は──」

「何?」

「俺は見つけるよ。本当に善良な心で、仮面ライダーに変身する方法を。それがわかれば、チェイスを甦らせる方法が見つかるかもしれない。〝仮面ライダーのシステムは心と密接な関係がある〟ってクリムも言ってたし、きっとそこにヒントがある」

自分で言いながら、「話がある」と啖呵《たんか》を切ったわりに上手く話せているのかがわからなかった。

でも、りんなさんの目が俺の言葉を受け止めてくれたことを物語っていた。

「剛君──」

「それに……」

俺はこの雰囲気に乗じて、もう一つ気になることを聞こうと思った。

「まだ仮面ライダーのことを研究したいからだろ。りんなさんが追田のおっちゃんのプロポーズに返事してないの、って」

「なんで……、そのこと?」

「研究に没頭するのもいいけど、りんなさんのそういう気持ち、おっちゃんは全部理解してると思うよ」

俺がそう言うと、りんなさんの目から一筋の涙が流れ落ちた。

「なんでだろ？　なんで今頃気づいたんだろ……」

りんなさんはそう言うと、もう涙がこぼれないように寒々とした空を見上げた。

「ゲンパチの大きさ……。あんな怪我してから気づくなんて、私って馬鹿……」

その目は涙で溢れていたけど、俺にはりんなさんが理解したように見えた。

今りんなさん自身が事件に対してやるべきことを。

そして、追田のおっちゃんに対する思いを。


その時、秋絵さんが屋上のドアを開けて飛び込んできた。

「追田さんが目を覚ましました！」


俺とりんなさんが集中治療室のドアを開けた時には、いつも通りの呑気《のんき》なおっちゃんの瞳が開いていた。

「……あれ？　橘さん？　どうして⁉」

慌てて起き上がろうとして「いてて！」と呻《うめ》くおっちゃん。

「何寝ぼけてやがる！　相変わらずそそっかしー野郎だぜ」

「あ、そうか！　俺は刺されたんだ。……あ！　浅村は！　いててて！」

また起き上がろうとし、苦悶《くもん》。

「それも忘れたの？　逮捕したのよ、ゲンパチが」

「俺が？」

「現。俺なんかのために無茶しやがって。すまなかった」

「ありがとうございます、追田さん」

橘さんと秋絵さん。二人の眼に涙が光っていた。

「ゲンパチらしい、不屈のデカ魂ね。私のことも守って、一生……」

「それはどうも。……って、センセイ、今、なんて⁉」

慌てて起き上がろうとして、またも苦悶。

「一生懸命守って、って言ったの！」

恥ずかしがったりんなさんが、自分の言葉を誤魔化そうとして、急におっちゃんの肩をベッドに強く押し付けた。

「いでっ！　痛い、痛いって、センセー！」

「あっ！　ああ、ごめん、ゲンパチ」

今度は部屋が笑い声に溢れた。

それからりんなさんは、もう一度俺の顔を見て呟いた。

「やってみるわ、剛君。なるべく早く！」

午後。俺はもう一度西堀令子との接見を試みた。

だが令子側からの返事はＮＯだった。

この世にある華々しく複雑怪奇な通信技術の全てを人間が造った。

その知能は無限の宇宙のようにも思えるのに、どうして時として人間はこうも愚かなのか？

まったく興味深い。

そして、まったく腹立たしい！

私は、取調室を眺めることにした。

対峙《たいじ》するのは早瀬明という泊進ノ介の元相棒の刑事、そして浅村と名乗る馬鹿。

二人の会話は警察の記録用のカメラを通して見ることができる。

カメラの裏には詩島剛もいるのだろう、声だけが聞こえる。

「あの野郎、今度こそ……」

怒りを抑えたような詩島剛のその声は、そばにいる泊進ノ介に向けられたものらしい。

「で、奴は自白したの？　ロイミュード犯罪を西堀が模倣している目的について」

「いや、一言だけ呟いた後は、ずっと黙秘を続けている」

「一言だけって、なんて？」

「今回の件は誰の命令でもなく、自分の正義に従った行動だった、と」


何が正義の行動だ。

私が計画し、私の指揮のもとで脱獄し自由の身になれたはずだ。

それなのに自分の勝手な欲望を満たすためにつまらない人間に近づき、捕まった。


私には今、時間を稼ぐ必要がある。

それなのに、こんな馬鹿の馬鹿げた行動のせいでほころびが出てはたまらない。

どのような芽であっても摘み取らなければならない。

その芽が、私の計画を邪魔する可能性がある限り。

私は思案した。

浅村を葬るには数々の方法がある。

浅村殺害においてもロイミュードの事件をなぞる方法もあれば、直接手を下さずに殺す方法だってあるだろう。

しかし、私は他の脱獄犯や私の信奉者たちへの牽制《けんせい》の意味も含めて、直接的に浅村を殺害する方法を選んだのだ。

「浅村は計画を無視して勝手な行動をした。これは聖なる儀式を冒瀆《ぼうとく》する行為だ。奴には罰を与えねばならない」

私が作戦を実行するために集めた人間たちは、薄暗い部屋にいた。

そこには、多くのモニターが並んでいて、私はいつでもそこに視点を移すことができる。

私は、その部屋を眺めながら仮面の姿をモニターに映して指示を下したのだ。

その指示には真っ先に、粗野な声が応えた。

「西堀さんよぉ、その役目、俺が引き受けるぜぇ」

ここにも馬鹿が一人いた。

ただこいつの馬鹿は狂気に満ちている。

浅村などとはレベルの桁が違う。

「仁良光秀。私がこの仮面を付けている時はXと呼ぶように伝えたはずだ。とにかく、完璧に頼む」

「任せろ、Xさん。さーて、お仕事お仕事。ルル、ルンルンルン」

楽しげに踊りながら仁良はその部屋から出て行った。


仁良光秀。

奴は元警察官だった。

ところが人間にしては類いまれな悪意の持ち主だった。

国家の正義を守る機関に、何を間違ってか悪意を持った人間が潜り込んでしまったのだ。

仁良は刑事時代、仮面ライダードライブである泊進ノ介の父親・英介とチームを組んでいた。

仁良は英介に対して深い嫉妬を抱いていた。

どこまでも真っ直ぐで正義という言葉を人形《ひとがた》にしたような英介の姿がまぶしく、人望を集める彼のことを仁良の狭い心は受け入れられなくなっていた。

時を同じくして、偶然にもロイミュード001である真影壮一《まかげそういち》が英介を狙っていた。

銀行強盗事件をでっち上げて、そこに英介を誘いこんだ。

その強盗事件のどさくさの中で、殺害してしまう予定だった。

しかし、英介を撃ったのは001も予想しなかった仁良だった。

英介と共にパートナーとして銀行強盗を捕まえるはずの仁良が、英介を射殺したのだ。

どこまでも歪んだ感情。

想像できないほどの悪意。

その感情に惹《ひ》きつけられ、００１が仁良を生かした。

警察という立場を利用した仁良は、その後も００１と結託してロイミュードの事件の隠《いん》蔽《ぺい》などに暗躍することになる。

仮面ライダーが現れるまでは……。

英介の息子である泊進ノ介が入庁したことを聞いた時の仁良の思いはどのようなものだっただろうか？

恐らく、そのことを聞いた時、仁良の嫉妬心は再燃したはずだ。

泊親子と仮面ライダーに復讐する。

００１と共に成しえなかったその思いは、今も消えることはないはずだ。

奴に任せておけば、どんな形にせよ上手くいくだろう。


さて。

残された人間たちには、別の指令を与える必要がある。

引き続き、時間を稼ぐためのクイズショーだ。

私はその部屋に残った者たちに再び指令をくだした。

「では我々も次の計画を実行する。今回のターゲットは二つだ」


十二月二十八日。

「また、空振りだったようだな」

閑静な住宅街。

とある家を見張る俺に狩野が切り出した。

「完全に拒否られた。こないだ相当怒らせたからな」

今朝、俺は再び令子のいる刑務所を訪れていた。

だが、やはり令子は面会を拒絶した。

俺は仕方なくある物を令子に渡してもらうように職員に託して、その場を去った。

「にしても、なんの手がかりのないまま勘で張り込みとは、一年の締めくくりの事件としてはいかがなもんかな」

皮肉を言う狩野を、俺は柄にもなく説得しようとした。

「ここには過去にロイミュード事件に深く関わった女の子が住んでいる。橘さんと秋絵さんが浅村に狙われた。次に彼女が狙われる可能性もある」

唐沢《からさわ》ゆかり。

かつて俺がチェイスと初めて協力して救命した少女だ。

今回脱獄した囚人の中には、ロイミュードと結託して彼女の命をぎりぎりまで追い詰めた仁良がいる。

ゆかりちゃんは十四年前の銀行強盗事件の時、進兄さんの父親が命がけで救った子だ。その時、英介を撃ったのが仁良だった。

英介が守った唐沢ゆかりを、脱走した仁良がまた狙ってくるかもしれない。

犯人が動き出すことを待つしかない状況の中で、俺たちはここで立ち尽くしたままでいることしかできなかった。


じっと無言のまま監視を続けていると、不意に狩野が呟いた。

「チェイスとは……どんな奴だったんだ？」

その言葉は俺にチェイスの記憶を一瞬で甦らせた。奴と衝突したこと。殴られたこと。協力したこと。そして守られたこと。

「いい奴だったよ」

簡単に答えてしまったが、そこにいくつもの思いを込めたつもりだった。

「だが、人間ではないのだろ？」

「ああ。だからこそ人間ってのを知ろうとしてたよ。家族とか愛とか」

「愛？」

「基本ロイミュードは人間の憎しみや悲しみみたいな、どす黒い感情とシンクロしてた。だがあいつは違ってた」

「お前の姉と、特別な関係だったと聞いたが」

「おい、変な言い方よせよ」

「違うのか？」

「ん、まあ、特別っちゃ特別だったけどな。姉ちゃんはチェイスに命を救われた。で、姉ちゃんは奴に思い入れたっぷりで、お陰で奴も仕舞いにゃ姉ちゃんのこと愛してるとか言い出して」

「で、結局は、失恋か？」

「まあな。奴の心もきっと傷ついた。でも俺は、そんなあいつに優しい言葉の一つもかけてやれなかった。……最後まで」

「後悔、してるのか？」

「ダチだったから。いつもそうさ、失ってからそれがどんだけ大切なものだったか気づく。……ほんと、ダメな男だ」

「いや、そうやって自分を見つめられるのは、ダメな男ではない」

「ふ、その言い方、ほんとチェイスそっくりだな。なんか奴に慰められたみたいで……少しだけ、楽になれた」

「そうか。……なら、よかった」


その時、ゆかりちゃんがお母さんと帰宅してくるのが見えた。

買い物帰りのようだ。

笑顔のゆかりちゃんが玄関に入る時、ふとお母さんと俺の視線が合った。

二人は少し会話を交わすと、ゆかりちゃんだけが家の中に消え、お母さんが俺たちの方にやってきた。

「できれば、何もゆかりには知らせずに守ってあげてください。もうすぐ受験だし、もう怖い思いはさせたくありません。お願いします」

俺たちはお母さんだけには事前に張り込みのことを伝えておいた。

確かゆかりちゃんの家は母子家庭。

たった一人の大切な家族の心を守りたいと願うお母さんの気持ちが痛いほど理解できた。

「大丈夫です。俺たちを信じてください」

お母さんの力強い瞳に、俺は精いっぱい力強い声で答えた。

安心したのか、ゆかりちゃんのお母さんは最後に思い出したようにこう告げた。

「そうだ。あの刑事さんたちにぜひ伝えてください。ゆかり、将来は警察官になりたい、って言い始めたんです」


張り込みをしているのは俺たちの方だ。

俺たちがこの家族を守っている立場のはずだった。

でも、そのお母さんの言葉に、俺の方が守られているような温かい気持ちになった。

ロイミュードに襲われ、トラウマを持った少女。

警察官の意地を目撃したその少女は、苦難を乗り越え警察官になろうとしている。

ゆかりちゃんを守った進兄さんの父親・英介さんの遺志は、進兄さんへ、そしてこうしてゆかりちゃんへ伝わった。

人間の弱さばかりを目撃したロイミュードとの戦いだったが、一方で、諦めない人たちや正しく生きる人たちの信念に光を見たこともまた確かだった。

人は変われる。

その思いを一層強くして、俺は狩野と共に張り込みを続けた。

関東中央刑務所から俺に連絡があったのは、その夜のことだった。

西堀令子が俺に会うというのだ。

【第3章】

白い仮面ライダーはなぜ生まれたのか

十二月二十九日。

関東中央刑務所のWエリアを訪ねるのはこれがもう五回目だった。

公務員たちが仕事納めで駆け回っている師走の忙しい最中《さなか》、俺の面会が許されたのも現在進行形で捜査を進める特状課のパワーがあるからだ。

ロイミュード百八体の撲滅を成功させてから警視庁特状課は伝説的な存在となり、特に警察機関内では凄まじい威光を持っているらしい。

刑務所の門をくぐると、体感温度が少し下がるように感じる。

そろそろ慣れてきてもいいはずなのに、この場所の人の心を見透かすような独特の雰囲気に未だにソワソワしてしまう。

それは、ちょうど令子が醸し出す雰囲気と似ている。

いつもと同じ接見室で前に座る俺に、令子は数枚の写真を差し出して言った。

「これ……ありがとう」

俺が昨日、刑務所の職員に令子に渡すようお願いしたものだ。

それらは俺が仮面ライダーになる前にアメリカを放浪した時に撮影したものだった。

「なんだか、会わなきゃいけない気がした……」

そう言った令子はまだ俺と目を合わせないで写真を見つめていた。

「なら、よかった。気になった写真、あった?」

すると、令子は一枚の写真を指差した。

「……これ」

広大な丘、草原の夕景だ。

「この写真のこの場所はアメリカのサウス・ダコタにあるウンデッド・ニーの丘だ」

「ウンデッド・ニー……?」

「ああ。昔、ネイティブ・アメリカンの虐殺が行われた場所。なんだか異様なパワー、感じるよな……」

そこまで言うと、俺たちは再びその写真を静かに眺めた。

俺が彼女にこの写真を渡したのは、何かを感じて欲しかったから。

ただその「何か」が何なのかまでは、俺にもよくわからなかった。

ただ、彼女がこの写真に何かを感じたのは偶然ではないように思った。

父親が人を殺害し、本当に悪意に染められた今回の事件で、彼女は人間の悪意について
もう一度考え、そして自分自身を見つめなおしたはずだ。

この写真には、人間の悪意が込められている——。

そんな異様な雰囲気を感じ取ったに違いない。

ふと、静寂を令子が破った。

「ねぇ。どうして……？　どうして、そんなにロイミュードが憎かったの？」

「なんだよ、急に？」

そう言うと令子は、一旦息をのみ込んで呆《あき》れたように続けた。

「大量虐殺の場所の写真？　そんな写真持ち歩いてるなんて、私なんかよりあなたの方がよっぽど異常じゃない？　それにこっちの別の写真、虐殺の場所であなたがピースサイン作ってる！　どうかしてる！」

俺は咄嗟《とっさ》に口を開いて説明しようとしたが、何から話していいのかわからなかった。

一方令子は、堰《せき》を切ったように話し続けた。

「シーカーロイミュード事件の時、あなたを利用するために私は過去のプロフィールを徹底的に調べ、記憶したわ。でも資料の中に、あなたがロイミュードに異常とも思えるほどの憎悪を示す理由は見つからなかった。それがずっと……心に引っかかっていたの」

そういうことか……。

令子は俺と似ている。

ずっとそう考えていた。

それは俺自身が背負っているのと同じような闇を令子が背負っているからだと思った。

そして今、令子の方がその闇に潜むものの正体を知りたがっている。

令子は変わり始めているのかもしれない。

俺は令子に対して全てをさらけ出すと覚悟したことを思い出し、そしてその誓いを自分の中で再確認した。

俺は、深呼吸をしてゆっくりと話し始めた。

「俺がピースしてる写真。この写真だけは俺のダチが撮ったんだ」

「……ダチ？」

「親友だよ。俺がアメリカの旅をしている時知り合った親友」


イーサンの笑顔の映像が俺の記憶の引き出しから鮮明に甦った。

イーサン・ウッドワード。

俺がアメリカで出会った、親友と呼べる唯一の人間だ。

この写真の説明をするため、そして令子が持つ闇の正体を知るために、俺はイーサンのことを令子に話すと腹を決めた。

俺がイーサンと出会ったのは、とてつもなく危険な場所だった。

オクラホマ州にある断崖絶壁の下。

いや、正確にいえばその崖の真ん中あたり、そこに俺は宙吊《ちゅうづ》り状態でいた。

渡米した後、俺は広大な自然と対峙してシャッターを切りながら放浪の旅をしていた。オクラホマ州に入ったばかりの時、その崖の下に広がる湖のターコイズの湖面の美しさに一瞬で魅了された。

俺は絶景を写真に収める欲求に駆られた。

湖に近づくため、ゴロゴロとした大きな石が転がる急斜面を、少しずつ下っていった。

後にイーサンから聞かされた話だと「あんな危険な崖を下ろうとする馬鹿はない」そうだ。

でも。だからこそ、そんな馬鹿な俺を目撃したイーサンは、注意深く俺の行動を見張ってくれていたに違いない。

とにかく俺は、崖を下った。

でも、乾燥した石ってのは、転がり出すと歯止めが効かない。

イーサンも心配した通り、俺はあらゆる大きさの石に足元をすくわれ腰から落ちた。

その瞬間、俺の体は十階建てのビルくらいだったらすっぽり収まってしまいそうなその断崖の底に向かって、すごい速さで転がり始めた。

幸運にも、首から下げたカメラのバンドが岩間から突き出た木の枝に引っかかって、俺の体はその途中でストップした。

数キロ四方、人っ子一人いないと思われる大陸のど真ん中の崖に宙吊りで一人。

俺は、脛《すね》から赤い血液が流れ落ちるのを見ながら、死を意識した。

その血は、オクラホマの赤い土よりも、もっと赤かった。

だが、程なく崖の上から俺に声をかける者が現れた。

「大丈夫か？　そこで動かずに待ってろ」

それがイーサンだった。

イーサンの動きは素早かった。

崖の向こうに消えた後、数分の静寂を待つと、青空を背景に太陽を背負ったイーサンが自分の体にロープを縛り付けて俺の方に降りてきた。

後光が差しているかに見えたその姿は、神のように思えた。

金色に輝くイーサンの髪は汗でびしょびしょに湿っていた。

青く透けた瞳は湖面よりも光っているように思えた。

俺が吊り下げられている位置まで来ると、あっという間に俺を背負い、再びイーサンは崖の上へと登り始めた。

なんて強いんだ。

俺は、イーサンの背中に背負われている間、自分が経験している人間の精神力と体力の異常なまでの強靱《きょうじん》さに心底驚いていた。

その圧倒的な強さの前で、俺は死の恐怖から完全に解放されていた。

本当に強いとは、こういうことなのだと思った。

崖の上に上がりきった時、イーサンは静かに言った。

「よし。できた、今度は救えた……」

その言葉の意味がわかるのは、それから随分後のことになる。


とにかく、助けられた俺は人生で後にも先にもないほどの深いお礼を言った。

どうしてあんな場所に下りていったのかと問われて「写真を撮るためだ」と言った俺に対し、イーサンは意外な言葉をかけてきた。

「俺と一緒にいた方がいい。その方が、いい画が撮れる」

それからだった。

自称冒険家のイーサンと俺は一緒に旅を始めた。

イーサンの言った通り、イーサンのアクロバットみたいな工夫のお陰で、俺は普通では叶《かな》わないようなアングルから、素晴らしい自然の表情をカメラに収めることができた。

いくつもの高い山に登った。

いくつもの険しい崖を下りた。

真っ暗闇の夜は、焚《た》き火《び》の炎で照らし出した。

体にロープを縛り付け、時には数日をかけて切りたった岩場を登った。

崖の途中に楔《くさび》を打ちこんで、そこにベッドを作り寝起きすることすらあった。

まさに命知らず。

寝食を共にする、というよりは生死を共にするという感覚だった。

「危険が大好物だ」

という口癖の通り、イーサンはどんな大自然に対しても真っ向から勝負を挑んだ。

今になって思うと、イーサンとの出会いは偶然ではなく必然だったのかもしれない。

あの時、衝動的に崖の下に下りていったのは奴と出会うためだった。

今はそう思える。


サウス・ダコタに差し掛かったのは、イーサンと過ごし始めてから半年後のことだった。

サウス・ダコタはイーサンが生まれ育った場所だった。

そこでイーサンには行きたい場所があるということを知らされた。

どんな険しい場所なのかと思った俺の予想は裏切られ、その場所には何の装備も持たず
二人でバイクをとばした。

そこは墓地だった。

樹木もほとんどない、赤色の土で囲まれたその墓地の中を、足早に歩くイーサンの後を

俺は必死でついていった。

　その時だけは、いつも明るいイーサンが思いつめたような雰囲気だった。


『ブライアン・クラウド、ここに眠る』


　イーサンはその墓石の前で立ち止まり、不意に話しかけた。

「連れてきたぞブライアン。俺はお前の死を無駄にはしない。彼がその証《あかし》だ」

　前ふりも何もなしに「証」と呼ばれた俺は、何のことか理解できず困惑した。

　その墓地で、イーサンが他に口を開くことはなかったが、なかなかその場所から離れようとしなかった。

　その理由を、イーサンはその直後に俺に告げた。


　ブライアンとイーサンは幼馴染《おさななじ》みの親友同士だった。

　ブライアンはネイティブ・アメリカンだったが、白人のイーサンとウマが合って二人はよく一緒に過ごしたのだという。

　アメリカ合衆国でのネイティブ・アメリカンは、その迫害の歴史のせいで恵まれない環境で生まれ育つケースが多い。

ブライアンも例外ではなかった。

彼の親は両親とも、迫害を受ける現実から逃避するため、アルコール中毒でろくに働きもしなかったという。

そのせいでブライアンは学校では卑劣な差別を受けていたが、イーサンはそれでも彼と過ごした。

「ネイティブ・アメリカンは自然とのつながりが深い。彼らの自然を移民である白人が見下し、そして奪い取った。でも、自然と一緒にいる時、彼らほど強い人間を俺は知らない」

イーサンはブライアンの思い出を語る中で、そう教えてくれた。

不遇な環境にも負けない強さをブライアンは持っていて、その強さに惚《ほ》れてイーサンは一緒にいたのだという。


でも、数年前、そのブライアンが死んだ。

イーサンは詳しくは話してくれなかったが、死の原因はアルコール中毒の両親に端を発する何かの犯罪に巻き込まれたことによるものだったらしい。

イーサンは親友の命を助けられなかった罪悪感に悩んだという。

もちろん誰もイーサンのことを責める者はいないが、それ以来、イーサンは大自然に自分の心のやり場を求めた。

「自然はこんなに人間に優しい。なのに、なんで人間は人間を憎むんだ」

ブライアンの話をそう締めくくったイーサンの顔を眺めながら、俺がイーサンに助けられたことがブライアンの代わりであったことをようやく理解した。

迫害されたネイティブ・アメリカンというブライアンの立場を、その立場のために犯罪に巻き込まれて彼が命を落としたことを、イーサンは嘆いていた。

ブライアンの命の重さを感じ続けたイーサンは、俺を助けることでその罪悪感からようやく解放されたのかもしれない。

そして、イーサンからそれを受け継いだ俺は……。

イーサンとブライアンの話を令子にしながら、俺には少し不思議な感情が湧き起こっていた。

イーサンがブライアンを助けようとしたことは、ちょうど進兄さんがロイミュードたちに理解を示し、最後までその撲滅を躊躇《ためら》ったことに似ている、と思ったからだ。

強い人間っていうのは、本当の心を理解して、その大切さを守れる奴のことなんだな。

今になって、俺はイーサンにまた教えられている気がした。

俺は、令子の方を見て彼女が選んだ写真を指差して言った。

「ちなみに、このサインはピースじゃない」

「え……？」

「よく見てくれ。掌が俺の方を向いているだろ。これは相手を侮辱するサインなんだ」

「イーサンは親友でしょ？　なのに、侮辱してるって──？」

「イーサンに頼まれたんだよ。『この場所で、モンゴロイドのお前が白人の俺に対して怒っている写真を撮りたい。だからこの写真は意味があるんだ』って。ワケわかんねぇだろ？」

「白人たちに虐殺されたネイティブ・アメリカンの怒りを、あなたに表現させた写真ってこと？」

「そう。変わった奴だろ？」

そう言うと、再び俺の脳裏にイーサンの笑った顔が思い浮かんで、俺は次の言葉を発することができなくなった。

不意にそこで話を止めた俺のことを、令子は見つめていた。

次の言葉を待つように。

静かに待つ令子の、優しいともいえるほどの表情を見て、俺はようやく口を開いた。

「そのイーサンがロイミュードに殺されたんだ──」

「えっ……？」

令子が驚嘆の声を上げた時、「時間です」という看守の声が響いた。

面会時間が切れたらしい。

看守に促され退室する令子は「……続き、聞かせてね」と、どこか物悲しそうな表情で部屋を去っていった。

俺の気持ちは令子を追いかけようとしていた。

会話の間、二人の間にある透明な壁の存在をすっかり忘れていた。

時間が切れた瞬間、その壁は再び姿を現し二人を別の世界に引き離した。

俺は部屋を出て廊下を歩きながら、不思議な感覚を覚えていた。

ロイミュード、人間の悪意を軸に俺と令子の心はシンクロしかけていた。

俺は自分自身の人生を見つめなおすことで、彼女のことを理解できる確信を得た。

事件の解明は、その先にある。

今はただ彼女のことをもっと知らなければ。そして自分のことも。


「その顔、やっと成果があったようだな」

声は停められた特状課のワゴンからだった。

そのサイドドアは全開にされていて、後部座席から足を外へ放り出したままの狩野がいる。

サングラスを取りながら俺を見るその一連の動きは、デジャブを見ているみたいにこの間と寸分違わぬ間合いだった。

一瞬、こいつもアンドロイドか何かなのではないか、と錯覚を覚える。

「どうかな……」

狩野がさらに何か言おうとした時、俺の携帯が振動した。

今回は究さんからだ。

またネットに次の犯行予告がアップされたらしい。

すぐに狩野が端末をネットワークにつないだ。


動画では今回も、仮面のミスターXに銃を突きつけられた天野千草が声明を代読していた。

「聖なる儀式は最終段階だ。人々は封印された過去の悪夢を思い出すだろう。その儀式には二つの場所で生贄《いけにえ》がささげられる。さあ、クイズの時間だ」

相変わらず、どこか物騒な雰囲気。

が、不意に画面が切り替わり、マスクをした三人の男が映った。

同じマスクでもミスターXのそれとは明らかに雰囲気が違っている。

ふざけたモンスターやピエロ風で、何よりカラフルだ。

どこか陽気な空気で、さらに耳障りなラップを歌い始める。

が、その歌詞とリズムが記憶とつながった時、一瞬にして俺は戦慄した。

「YOYO！　クイズの時間だYO！」

「第一問！　金ぴか悪人。密室。どんよりー。頭ポコーン、この事件な～んだ？　イエイ！」

「第二問！　どこかの信用金庫、用心しろYO！　どんよりするぜ、だって俺たち無敵のどんより強盗団！　イエーイ！」

ラップ野郎どもがカッコ悪いポーズを決めたところで映像は終わった。

「今度は……よりによってあの事件か」

「あの事件？」

狩野が怪訝《けげん》な表情を浮かべて俺を見た。

「ロイミュード絡みの地上げ屋殺人未遂と信用金庫襲撃未遂」

「当時、信用金庫襲撃の情報を得て交通課も道路封鎖に協力した事件だな。確か俺の記憶だと、どんよりバンドという小型装置が使われた」

「ああ、俺が帰国して調査した事件としては初の事件さ。あの事件には……奴らが関わってたからな」

「奴ら？」

「ガンマンと元締めの極悪兄弟をコピーした、二体のロイミュードだ」

俺の脳裏には今でも昨日のことのように思い出される。

響く銃声！

闇に立つガンマンと元締め。

その姿が二体のロイミュード０１７と０１８に変化した、あのおぞましい記憶が。

「なぜ奴らのことをそれほどまでに？」

「奴らを追って俺は日本に帰ってきた。奴らを倒すために……俺は仮面ライダーになったんだ」


警視庁の合同捜査本部を、また大きなため息が支配した。

敵の動きは日々狡猾《こうかつ》さを増しているように思えた。

悪徳な地上げ業者の情報など、警察より効率的に知り得る奴がいるわけがない。

ところが、警察が張り巡らせた包囲網の盲点を衝《つ》くように襲撃は実行された。

そう。予告通り、その日のうちに悪徳な地上げ屋の社長が襲撃されたのだ。

しかも現場では重加速現象、どんよりが発生したという証言があった。

二年前、ロイミュードが全滅してから初めての事例であり、その情報はネットでリアルタイムで配信され、世間には一気にその噂《うわさ》が拡散し始めた。

言い知れぬ不安と恐怖が急速に広がり始めた。

「封印された過去の悪夢が甦る」

予告はまさに実現しつつあるのだ。

「なるほど、ロイミュードの恐怖を再び世間に蔓延《まんえん》させる。これが西堀の狙いだったんですね～」

どんな状況下にあっても落ち着いて現状を分析する。

未曾有のピンチにあっても、本願寺さんのスタンスは変わらない。

なんて心強いんだ。

「だから過去のロイミュード事件ばかりを模倣した。でもまさか重加速現象まで再現できるなんて……」

進兄さんも冷静さを保っている。まだまだ、捜査はここからだ。

そういや、三年前のどんより強盗団の事件で俺が重加速を発動した時、進兄さんにぶん殴られたっけ。

今思えば俺も青かったな。

今では自分の行動の愚かさも理解できる。

「今回の重加速。ただのコピーだと思います」

ピコピコに似た小型の特殊装置を手に部屋に入ってきたのは、りんなさんと究さんだった。

「現場を調べた結果、重加速残留粒子はなく、代わりに予測通りの反応が出ました」

「予測通りの反応？　それはいったい――」

俺が疑問の声を上げた時、無線が鳴り響いた。

「至急。至急。大田区戸塚信用金庫より強盗襲撃の連絡あり。現場では重加速現象も認められる模様。繰り返す――」

合同捜査本部は一瞬で喧騒に包まれ、捜査員たちが慌ただしく動き始めた。

「近くにいる捜査員に現場へ急行するように指示！」

「大至急、現場一帯を封鎖せよ！」

怒号にも似た指示が飛び交う中、りんなさんが決意の表情で言った。

「私も連れてって。どんより強盗団の化けの皮を剝《は》いでやるわ」

俺たちは合同捜査本部を飛び出した。

今の私にとって、警察という正義の国家機関はとるに足らない存在だ。

このような無能な集団にロイミュードが負けたという事実に私はもう一度憤る。

しかし、今はロイミュードが全滅したあの頃とは環境が違う。

ただ平然と毎日を過ごしている人間たちは気づかないだろう。

二年前と今の違いに。

私がいかに今回の作戦を綿密に計画してきたか、知るよしもない。


今、世界全体を大きなネットワークの渦に巻き込んでいる流行。

それは感染症のパンデミックにも似た勢いで日々熱狂者を増やしている。

一旦流行ってしまえば誰も気にしない。

この流行を作ったのが誰かなんて。


その流行に乗るために必要なのはスマートフォンのみだ。

銀行には監視カメラが無数にあるが、人間がそこに存在する限りはスマートフォンもたくさん存在する。

今回はあえて、そのスマートフォンの視点をハッキングしてみよう。

今警察で話題沸騰中の戸塚信用金庫襲撃の実況中継と洒落《しゃれ》こもう。

「動くな！　動くんじゃねー！　動くとぶっ殺すぞ、てめーら！」

私の視点が戸塚信用金庫に入るやいなや、下品な強盗の声が響いた。

多賀始だ。

見ると、両手に持った日本刀を振り回し、行員や客の悲鳴に酔いしれている。

仁良と同じくこいつもイカレた人間の部類に入るが、こいつにはセンスを感じない。

「多賀さ～ん。そんな怒鳴らなくても、これ使えばいいんだからさ～」

私の言いたいことを代弁してくれたのはメイクアップアーティストでストーカーの坂木光一だ。

坂木は、私が指示した通り腕についたバンドのスイッチを押した。

すると銀行内に衝撃波が広がり、室内の行員と客の動きが止まった。

「わー、すごい！　さすが、どんよりバンド！」

女のようなしゃべり方をする坂木がはしゃいでいる。

耳障りだ。

「なるほど、確かにすげーな」

のろまな多賀が、ようやく背後に控える五人のピエロマスクたちに指示を出した。

「おい、お前ら、金だ！　早く金をつめろ！」

動けない行員たちを横目に次々と現金をバッグにつめていくピエロマスクたち。

奴らも全員、もちろん腕にどんよりバンドをはめていた。

その傍らで、坂木が動けない女性行員たちに顔を摺《す》り寄《よ》せ、いやらしく笑う。

「君たち、本当の恐怖はこれからさ。みんな住所をメモったから、今後ず～っとつきまとってあげる。た～っぷり怖がってね」

ここが坂木の神秘的なところだ。

女のようにしゃべるのに、女のストーカーをする。

まぁ、こいつをこれ以上分析する気はさらさら起きないが。

脱獄させた犯罪者たちの精神的な幼稚さに呆れ、この場から去ろうかと考えた瞬間だった。

私にとって予想外のことが起きた。


「そこまでだ！」

と、かつて仮面ライダーマッハに変身していた詩島剛と警視庁の刑事・狩野がまさに音速ほどのスピードで銀行内に踏み込んできた。

狩野は拳銃を、詩島剛は特殊警棒を構えている。

その時、私は誰かが緊急通報ボタンを押したことを知った。

そんな隙を与えたのは、無駄口をたたいていた多賀に違いない。

まったく。予想を裏切らない駄目っぷりだ、多賀。

私の憤りに拍車をかけるように、さらに多賀が吠《ほ》えまくる。

「フン、警察か。俺が誰か知ってるか？　警官殺《コップキラー》しの多賀さまだ！」

日本刀で襲いかかる多賀の攻撃を詩島剛は警棒でなんなく捌《さば》いていく。

早くバンドを使え。

そう私が思った時、

「うざいね、君ら。どんよりする〜？」

と、坂木がどんよりバンドのスイッチを押した。

放たれる衝撃波に詩島剛も狩野も動きを止めた。

よし。そうだ、邪魔者は、仮面ライダーは殺してしまえ。

「今だ、多賀さん！　やっちまいな！」

「おう！　往生しろ‼」

二本の日本刀を大きく振り上げる多賀。その動きはさっきまでと打って変わって素早く見える。

詩島剛の眼には、その姿が過去に戦ったロイミュードと重なっていることだろう。

——変身して、戦わなければ！

そう考えているのに、体を動かすこともできなければ、変身するためのドライバーももはや存在しない。

なんという滑稽な姿。

これこそ私が夢見ていた景色だ。

「殺られてたまるか……！　動け！　体、動け！　動けええええ!!」

悲壮な叫びに私も笑いが込み上げる。

だが、その笑いが打ち消される事態が起きる。


刹那、別の衝撃波が放たれ、重加速が解かれた。

間一髪で多賀の攻撃を詩島剛はかわしてしまったのである。

「な、なんで動ける!?」

多賀と坂木、ピエロマスクたちの驚きと、私も今だけはシンクロせざるを得ない。

詩島剛の特殊警棒が多賀に炸裂《さくれつ》し、多賀は日本刀を落とし うずくまった。

「てめー!!」

と、坂木が改造拳銃を構えるが、腕を上げるまでもなく別の銃声が響いた。

狩野の拳銃から硝煙が上がっている。

やはり重加速から解放された狩野が銃を撃ったのだ。

「お前、すげー腕前だな」

そう言いながら、詩島剛は瞬く間に坂木、そしてピエロ五人も次々と伸《の》してしまった。

その後、私にとって屈辱的な会話が続いた。

ただ残念ながら聞く他ない。

なぜ重加速は解除されてしまったのか、突き止めなければ。

狩野の正確無比な射撃テクニックに驚く詩島剛の背後から、女の声が響いた。

「さすが高校時代から全国射撃大会で三年連続優勝してきただけのことはあるわね」

現れたのは、沢神《さわがみ》りんなだ。

こいつがもう一つの衝撃波を作っていた張本人か。

まったく厄介な奴だ。

「正確には大学含めれば七年連続だ」

ニコリともせず、さらりと訂正する狩野に詩島剛が近づいた。

「なるほどチェイスの銃の腕前はお前譲りなのかもな。で、りんなさん、その装置は？」

「アンチ・ショックウェーブマシン。通称、なんちゃってどんより撃退装置よ。これで証明できたわね。重加速発生システムはクリムがコア・ドライビアを封印したことで再現は不可能になった。今回の犯人たちは別のテクノロジーを使って、いわば疑似的に重加速現象を再現しようとしただけなのよ」

「別のテクノロジー？」

「そう。最近アメリカの警察で犯人捕獲用にショックウェーブという技術が開発、実用化されたの。今回重加速に見えたのはそれの流用ね」

「つまり今回も人間の手による事件ってわけだ」

狩野が気絶した二人に手錠を掛けた。

「多賀始。坂木光一。強盗傷害容疑の現行犯で逮捕する」


さらに詩島剛は五人のピエロたちのマスクを次々と剝ぎ取った。

現れた普通の若者たち、そして女までいたことに驚きの表情を露わにしている。

「お前ら、何者だ？　どうして西堀の犯罪なんかに加担した」

「僕らは皆、信奉者さ」

若者の一人、確か青木《あおき》とか言ったか……が突然言葉を発した。

「信奉者？　西堀光也のか？」

しかし、その問いに青木が答えることはない。

これ以上、仮面ライダーの好きにさせるわけにはいかない。

響く絶叫！

手錠を掛けられた多賀と坂木、そして青木を含むピエロたちが激しく苦悶する。

その体は一瞬で赤色化した。

私がそうするよう信号を送ったのだ。

「これ、アイアンロイミュードの時の赤色化現象だわ！」

沢神りんなが叫んだ次の瞬間、奴らの体は激しく痙攣《けいれん》する。

そして、動かなくなった。

「……死んだ」

狩野が多賀と坂木の脈を確認している。

「そのどんよりバンドにはもしもの時のために特殊な毒が仕込まれてた――」

「つまり……時限殺人装置か」

詩島剛が怒りの拳を壁に叩きつける。

「失敗したら口封じかよ……。誰がこんなことを……⁉　絶対許さねぇ」

それはこちらのセリフだ。

これ以上お前たちに情報を渡すわけにはいかない。

そして、私の視点もこの銀行に留まってはいられない。

私が多賀たちを処刑したように、もう一人の役立たずの仕置きも遂行中のはずだ。

次の瞬間、私の視点は都内の警察署の留置場にいる。

追田を刺した浅村がいる場所だ。

私は処刑人が持つ携帯電話を通じて浅村の表情をとらえる。

処刑人、仁良光秀の携帯を。

「取り調べだ。なーんてな」

と薄笑いを浮かべる仁良に対して、

「仁良さんか！　助けに来てくれたのか？」

と、歓喜の表情を浮かべる浅村。

しかし、そんな浅村の期待は仁良のセリフによって容赦なく打ち砕かれてしまう。

「ブッブー。ハズレ。私がここに来たのは君を処刑するためで〜す」

拳銃を抜き、浅村に向ける仁良。

「おい、冗談《ろうやない》だろ、よせ、よせ！」

怯えて牢屋内を逃げまわる浅村にピタリと照準を定め、仁良は「アディオ〜ス、うつぎく〜ん」と引き金を引いた。

だが銃弾は発射されない。

「ね、驚いた？　驚いちゃった⁉」

「はは。冗談きついよお！　マジでビビッただろ！」

と安堵《あんど》した浅村が仁良をどついた瞬間だった。

バス！　と消音機能が利いた音が鳴り、銃弾が今度こそ浅村の眉間を撃ち抜いた。

「気安く触るなよ、うつけく～ん」

吹き飛び絶命した浅村を見下ろし、仁良は続けた。

「……あ、それって偽名だっけ？　本名は何だっけ？　ん？　そっか、もー死んじゃってるから答えられるわけないか～」

背後に立つ看守に「後は任せる」と吐き捨て、仁良は立ち去った。

言葉は軽々しいがやっていることはこの上もなく酷い。

これが仁良光秀だ。

こいつの復讐の仕方は、私の心を震わせる。

それが私が本当の意味で復活するための時間を短縮してくれるようにも感じる。

だが、私にはもう少しだけ時間が必要だ。

警視庁特状課と仮面ライダーを好きにさせておくわけにはいかない。

もっと刺激的な方法で奴らを絶望に追いやってやる。

最後に勝つのは私の方だ。

見ていろ。


十二月三十日。

俺は再び西堀令子の前に座っていた。

俺は自分のことを話さなければならないことを自覚し、そのためにここに来た。

しかし一方で、焦っていることも事実だった。

本当に俺の言葉は事件の真実へとつながるのか？

言葉を失っていた俺の気持ちを理解することが――？

言葉を失っていた俺の顔を見つめ、令子が切り出した。

「何かあったのね……」

暫くの沈黙の後、俺は「九人だ」と告げた。

「……え？」

「今回の事件で、もうすでに九人の人間が死んだ。殺された」

「私の……父に？」

「そうだ。アンタの……君の父親は……もう人間じゃなくなった。バケモノになっちまった。俺の父親が……そうだったみたいに」

「蛮野、天十郎。最後は……あなたが倒したのよね。あなた自身が……けじめをつけた」

令子にとってバケモノという言葉が蛮野とつながったらしい。

その言葉に俺は父親のことを思い出す。

チェイスの命を奪い、さらに全ての人間の未来と幸せを奪い去ろうとした悪魔。

その悪魔を消したのは俺自身だった。仮面ライダーとして。

そして、その悪魔の息子として。

「最初から知ってたの？　蛮野が自分の父親だって？」

令子の声が剛を現実に引き戻す。

「いや、俺が蛮野と自分の関係を知ったのは渡米した後だった」

「どうしてアメリカに？　何かを知って渡米したの……？」

「いや。運命……、としか言いようがないな。姉ちゃんが警察官になるって決めた時、俺はあえて違う道を選んだ。何物にも縛られず、自分自身と向き合う生き方をしたいと思って渡米したんだ。子供の頃から写真に興味があった。母親からもらった唯一のプレゼントがカメラだったということもある。あちこち旅して、大自然に包まれながら写真を撮ることで、自分を見つめなおせた——」

「あなたは蛮野のことを知らずにアメリカに渡った。父親の闇から逃れるためじゃなかったのね？」

「蛮野の話をする前に、イーサンの死のことを話す必要がある」

「聞かせて……」


これは事件の捜査だ。

犠牲者が増えた今、むしろ話を聞く役目は俺の方のはずだ。

その焦りを俺は必死に打ち消した。

もう一度信じよう。

俺が話すことによって、令子の中の何かが変わることを。

同じバケモノを親に持つ者として。


「……ああ」

俺の脳裏に、過去の記憶、ニュー・メキシコ州アラモゴードの夜空の景色が甦った。

その夜、俺とイーサンは会う約束をしていた。

驚くほど美しい夜空の星の写真を撮るためだった。

だが俺が約束の時間に到着した時、そこにイーサンの姿はなかった。

代わりに銃殺されたマフィアらしき男たちの死体が転がっていた。

いったいここで何が起きたのか？　イーサンは？

必死に俺が周囲を探し回っていた時、携帯が鳴った。

イーサンからだった。

彼は待ち合わせの場所に早く着きすぎて、一人で夜空を眺めていたという。

すると偶然そこにマフィアたちが現れ、大男と小男の兄弟との闇取引が始まった。

そして麻薬と現金の交換が終わった時、兄弟は取引相手を銃で皆殺しにした。

イーサンは車ごと物陰に隠れて見ていたが、あまりに突然の凶行に驚いたイーサンは物音を立ててしまった。

兄弟に気づかれたイーサンは自分のピックアップトラックに乗り込み、一目散にその場を立ち去った。

だがマフィアの兄弟はニュー・メキシコの砂漠のガラガラヘビのようにイーサンを追ったのだ。

透明な壁の向こうでは、令子が悲しそうな表情を浮かべていた。

「それで……殺された？」

令子の呟きに、俺はゆっくりとうなずいた。

当時の記憶に強烈な怒りが甦る。

「俺がもう少し早く約束の場所に着いていたら……」

「そしたらあなたも殺されたわ。それもまた……、運命だったのよ。あなたの友人は運がなかっただけ」

「違う。イーサンは、あの時も俺を庇《かば》って死んだんだ」

「……え？」


「今、どこにいるんだ？」

携帯で俺は必死にイーサンのいどころを聞いた。

「シボレーで西に向かって走ってる」

「待ってろ！　助けに行く！」

「ダメだ！」

電話口からいつになく厳しい声でイーサンが言った。

「剛。お前は来ちゃダメだ」

俺は理解した。

イーサンはわざと俺が現れるのと真逆の方角に愛車のピックアップトラックを走らせているのだ。

「剛。今夜は星が最高に綺麗だ。いい写真を撮れよ」

いつもと変わらぬイーサンの声が聞こえ、その電話は切れた。

俺はバイクに飛び乗って、西に走り出した。

ピックアップトラックのタイヤ跡を頼りに追跡した。

だが俺が駆けつけた時、すでにイーサンは数発の弾丸をその体に受け、車の外に倒れていた。現場からは黒いキャデラックが走り去っていった。

「あいつら!」

俺が追跡しようとした時、瀕死《ひんし》のイーサンが声を上げた。

「剛……!」

必死にイーサンを抱き起こした俺に、彼は声を絞り出してくれた。

「お前と出会えて僕は最高にハッピーだった。本当の……友達と……また出会えたんだからね」

にっこり微笑み、イーサンは息絶えた。

俺はその時まで、イーサンが俺といるのは救えなかったブライアンの命の重さを感じ続けるためなんだと思い込んでいた。

だが、その時俺は知った。

イーサンは俺のことを心の底から親友だと思ってくれていた。

ブライアンとは別の、一人の人間として。
ブライアンが生きていた頃、二人が過ごしたのと同じ感覚で。
そしてそれは、俺がイーサンという親友に対して抱いた感情と同じだった。

それから、俺は一心不乱に調べた。
イーサンを殺した犯人を。
そしてそれがガフ&ビーンっていうマフィアの兄弟だと突き止めた。
冷血なガンマンの兄、ガフ。
卑劣な守銭奴の弟、ビーン。
二人は最近、マフィアの中でもその名を轟《とどろ》かせていた。
俺はようやく、兄弟の根城と言われている場所を突き止めた。
その場所に向かう俺の胸は「復讐」の二文字が支配していたと思う。
なんの作戦もなく、ただ突っ込んでいった。
思えば、俺はイーサンと一緒に死んでいればよかったと思っていたのかもしれない。
とにかく、俺は何かに引き寄せられるようにあの場所に向かった。
だがそこで、信じられない光景を目撃した。
物音一つ立てずに潜んでいたはずの俺に奴らは瞬時に気づいた。

人間業じゃない、と思えるほど奴らの感覚は研ぎ澄まされていたんだと思う。

そう感じる間もなく、俺の目の前でガフとビーンは怪物へと変身した。

「お前ら、いったい、何なんだ⁉」

俺を真っ直ぐに見つめる二体の怪物。

俺は初めて見るそのおぞましい姿に、今まで感じたことのない恐怖を感じた。

「お前こそ何だ？」

「消えろ」

俺が動くことさえできなかったのは、驚きと恐怖のせいだと思っていたが、今になって考えてみると重加速のせいだったのかもしれない。

後ろに退くことすらできなかった俺に、二体のロイミュード０１７と０１８が襲いかかった！


アメリカに渡ったこと。

イーサンと出会ったこと。

そして、イーサンを殺した犯人を追ったこと。

それは全て運命だったとしか言いようがないんだ。

なぜなら、それが仮面ライダーとの出会いにつながったから。

絶体絶命の俺をガトリング銃が助けた。

猛然と俺に向かって走ってきたサイドカーは、俺を轢《ひ》き殺《ころ》す勢いだった。

だが俺をそのままサイドシートに吸い込み、その現場から一瞬にして走り去った。

マッハの速さで。

「ヘイ、生きてるかい、侍ボーイ」

それが、ハーレー・ヘンドリクソン博士との出会いだった。

彼はロイミュードの対策研究をしており、アメリカにいる０１７と０１８の二体をずっとマークしていたらしい。

ガトリング銃はロイミュードたちを一瞬ひるませたに過ぎなかったが、ハーレー博士が走らせるサイドカーがその場を立ち去る十分な時間を与えてくれた。

サイドシートにお尻を突っ込んで、茫然としたまま、俺はハーレー博士の研究所に連れていかれた。

そこで俺は見てしまったんだ。

マッハドライバー、ドライブのネクストシステムを。

考えてみれば、それも博士の意図した通りだったのかもしれない。

ハーレー博士は俺に奴らロイミュードのことを教えてくれた。

悪意に満ちた機械生命体であり、人間に姿を変えることができる、と。

博士はさらに、ドライブシステムだけがロイミュードに対抗できうるシステムであり、生身で彼らに挑むことは無謀であると付け加えた。

次の瞬間、俺の口から出てきた言葉は自分でも信じられないものだった。

「俺にくれないか？　奴らと戦える力を」

俺には失うものは何もなかった。

親友を失い、写真を撮る目的さえも見失いかけていたから。

「それはデンジャラスすぎだ」と言う博士に、

「危険？　大好物だね」

と俺は反射的に返していた。

それはイーサンの口癖だった。

イーサンと行動を共にして写真を撮りまくっていた間に、すっかり口癖がうつってしまっていたらしい。

その言葉にハーレー博士は大笑いした。

「面白いボーイだな！　ところで名前は？」

「剛だ。詩島剛」

「ゴー!?　おう、GOか！　いいぞぉ、その根拠のないお前のその自信に賭けてみようじゃないか。LET'S GOだ！」

俺は試作中のマッハドライバーを手渡された。

「望むところだ」

こうして、すぐにネクストシステムに適合するための厳しい訓練が始まり、俺は必死に自分を追い込んだ。

子供の頃から空手をやっていたから体力や戦闘に自信はあったが、正直訓練はキツかった。

だが、俺は諦めなかった。

あの夜、イーサンを抱き起こした腕の感覚はずっと消えなかった。

それどころか、訓練を重ねるたびにあの感覚とあの記憶は色濃くなっていった。

ロイミュードを倒したい。

その想いは日に日に強くなっていった。

そして、俺はついにマッハへと変身することに成功した。


それでも、ハーレー博士はまだ実戦は無理だと言い、もう暫く訓練を続けるように命じた。

だが俺は待っていられなかった。

この力で今すぐイーサンの仇《かたき》を取ってやる。

「今の俺ならできる」と信じた。

俺はハーレー博士には内緒で、ガフとビーンのいどころに向かった。

俺は再び、あの二人と対峙したんだ。

「誰かと思えば、あの時の日本人か」

前回会った時に何もできなかった俺のことを見下し、兄弟はロイミュードに変身した。

「俺は、あの時とは違うぜ」

俺もドライバーを装着し、シグナルマッハを思い切り装填《そうてん》した。

ロイミュードの前で初めて変身したマッハを全身で感じた時、俺には自信しかなかった。

017と018は俺の変身に驚いたようだった。

だが、そこはいくつもの修羅場を掻《か》いくぐってきたならず者たちだけあって、すぐさま攻撃に転じてきた。

二人は素早い動きで身を隠しながら、俺に銃撃をしてきた。

俺はマッハドライバーのボタンで何度も加速して、その攻撃を避け続けた。

だが、俺にはそれが精いっぱいだった。

ゼンリンシューターはあったが、それをサポートするシグナルバイクはまだなかった。

俺は直線的な攻撃だけに走り、奴らの速さについていくことができなかった。

いや、正確にいえばマッハは奴らよりも速かった。

マッハの高速攻撃に俺自身が対応できなかったのだ。

俺自身の体がシステムに持っていかれてしまい、俺は車酔いのような状態になった後、不意を突かれて攻撃を受けた。

やがて、ロイミュード０１７はガンマンへと進化を遂げた。

変身で調子に乗っていた俺の目の前で、奴は進化を見せつけたんだ。

俺は完全に心までも圧倒されてしまい、目をつぶるしかなかった。

俺を助けたのはまたハーレー博士だった。

結局、シグナルバイクで居場所を突き止めたハーレー博士は、開発中だったシグナルトマーレやシグナルマガールを駆使してガンマンたちの不意を突いた。

俺は博士に平謝りしながら、情けない格好で逃げ出したんだ。

仇たちの目の前から。


「まったくクレイジーにもほどがある。日本のことわざにこんなのがあるだろ？　仏の顔も三度まで。次に無茶したらワシは知らんぞ」

「…………」

ハーレー博士のお叱りを受ける俺の中には、それ以上の怒りが渦巻いていた。

ロイミュードに対する怒り、そして不甲斐《ふがい》ない自分への怒りが。

俺は訓練を再開した。

もう一度心に誓った。

今度こそ完璧にシステムを使いこなし、あの怪物兄弟を粉砕する。

絶対に倒す。

そのために戦闘訓練だけではなく、ロイミュードに関する研究データも勉強した。

そんな時、日本を中心にグローバルフリーズが起きた。

グローバルフリーズのニュース映像を見た時、俺は愕然《がくぜん》とした。

ロイミュードがこれほどまでに強大なパワーを持っていたことに。

恐れおののいた。そして重なったんだ。

重加速の中で恐怖に怯え、理不尽に命を奪われる多くの人間たちの姿が。

イーサンのあの時の姿に。


「だから……そんなにもロイミュードを……」

俺の話を聞いていた令子が呟いた。

「奴らは悪魔だ。ハーレー博士から百八体いると聞いた時、俺は奴らを一匹残らず倒すと誓った」

「でも……」

　ふと令子が続ける。

「私が前に調べた資料によれば、あなたはマッハへの適合訓練が完全に終了する前に突然帰国した。ロイミュード兄弟が日本に渡ったのを知ったから？」

「ああ。結果、見切り発車でもあいつらと闘っておいたのはよかったのかもしれない。でも……俺が帰国した理由は、それだけじゃない」

「まさか、その時？」

「ああ、見たんだ……偶然。ロイミュードのことを調べていた博士の研究室のデータアーカイブで。ロイミュードの開発者がクリムと蛮野という科学者だということ。そして蛮野が……俺の父親だということを」


　憎むべきロイミュード。

　自分の父親がそれを生み出し、人間のネガティブな感情を与え、暴走させた。

　もし父がそんなことをしなければ、グローバルフリーズも起きず、多くの人間が死ぬこともなかった。

　嘘だと思った。

　信じたくなかった。

　でも何かしないと気がすまなかった。

気づいた時には、研究所を飛び出していた。

マッハドライバーを持って、日本に向かっていたんだ。

帰国してから約一ヵ月間、密かにガフとビーン兄弟の行方を探りながら、俺は同時にマッハに完全に適合するための訓練も続けた。

そして進兄さんや姉ちゃんのことも陰から見守った。

それで知ったよ。

グローバルフリーズから半年経って、進兄さんがクリムの力を得てドライブになったこと。

そして、姉ちゃんと同じ特状課で働き、ロイミュードたちを追っていたことを。

その時の進兄さんの精神力は俺が鍛えてきたものを超えていた。

刺激的だったね。

ハーレー博士はマッハのシステムをドライブにおけるネクストシステムだと位置づけた。

もし、俺がマッハに適合することができれば、俺はドライブを超えられる。

そう思った。

俺は自分を追い込み、来る日も来る日も訓練に励んだ。

ライドマッハーも、シグナルバイクもゼンリンシューターも暴走と制御を繰り返した。

そして俺は、ついにマッハを自分のものにしたんだ。

俺は、進兄さんとルパンが戦っていた頃には十分に戦闘態勢を整えることができた。

それに、ボルトロイミュードが引き起こした大停電の夜には、俺は姉ちゃんを間一髪巨大なロイミュードから守ることができたんだ。

でも、まだ姉ちゃんの前に姿を見せるわけにはいかなかった。

あの兄弟を倒せる力と技を習得する以外にもう一つ、俺には習得しなきゃいけないことがあったから。


「バトルシステム以外に、何の訓練を？」

「笑う練習さ」

「……え？」

あまりに予想外の答えだったのだろう。

令子はあっけにとられた顔をした。

「姉ちゃんに会った時、笑顔でいられるようにさ、鏡を見て、何度も何度も練習したんだ」久しぶりの再会で、絶対に暗い顔はできないと心に誓っていた。

グローバルフリーズの時、姉ちゃんは「何事もなかった」と俺に伝えていた。

でもそんなことなかった。

姉ちゃんもロイミュードに被害を受けていた。

だからこそ、少しでも怒りや悲しみの感情を表せば、姉ちゃんは絶対に気づいてしまう。そして聞くはずだ。

「いったい何があったの?」と。

それを防ぐために色々考え、あえて派手な演出で姉ちゃんとの再会を果たした。

こいつはバカなのかと思われてもいい。

どうしようもない弟でいい。

道化でいい。

父親が悪魔と知られ、姉が悲しむより、数百倍マシだ。


帰国して一ヵ月後、ようやく姉ちゃんの前に姿を現すことができた時、俺は異常といえるほどのパフォーマンスを演じた。

進兄さんには、いきなりレースを挑んだ。

でもその裏には親友の仇の二体のロイミュードを、笑顔のままで確実に倒すという熱い使命感が隠されていた。

俺はもちろん誰よりもこのロイミュード兄弟のことを知っていた。

捜査において、俺は完全に進兄さんを圧倒した。

そして、ついに兄弟のアジトを突き止め、乗り込んだ。

俺のマッハの動きは、アメリカにいた時とは全く違っていたはずだ。

こうして、俺はイーサンの仇を討つことができた。

マッハというネクストシステムを完璧に使いこなし、完膚なきまでに敵を撲滅した。

激しい怒りの感情を姉に知られることなく。

それでも、俺の戦いが終わることはなかった。

ロイミュードの開発者が、自分の父親だと知った。

姉ちゃんにその真実を知られる前にロイミュードを全滅させなければならない。

その強烈な執念が、俺を突き動かした。

だから俺はあの時言ったんだ。

「俺には時間がない」と。

全て家族のためだった。


「家族……か」

ポツリと呟く令子。

彼女もよく知っていた。

俺がたった一人の家族である姉を、どれだけ大切に想い、慕っていたのかを。

だが令子は卑劣にも俺のその心を利用した。

令子にあそこまでさせたものはいったいなんだったのだろう？

ロイミュード００１に記憶と感情をいじられたせい？

それだけじゃない気がする。

「ねえ、次は君のことも話してよ」

「……え？」

聞き返す令子に、俺は笑顔で答えた。

「家族のこと。何かいい思い出もあるだろ。……じゃあ、また来るよ」

面会終了の時間が来ても、立ち去ろうとする俺の前から令子が暫く動くことはなかった。

空中を見つめたままの令子を背にして、俺は接見室のドアを閉じた。


その日の捜査会議も、重い空気が漂っていた。

ようやく追い詰めたと思った容疑者たちの息の根を目の前で絶たれたのだ。

その衝撃は、警察にとって犯行の糸口を何も摑めなかった時よりも状況を悪くした。

そんな警察をあざ笑うかのように、引き続きネットには犯人からの映像がアップされていた。

信用金庫襲撃事件の動画は、何者かが行内の映像をハッキングして行ったようだ。監視カメラではなく、もっと低い位置。

恐らく誰かのスマートフォンか何かをハッキングした可能性が高いという。

ちょうど、俺たちが現場に駆けつける直前までの映像が流されていて、衝撃波で動けなくなった客や行員たちの姿がループしていた。

それを見たユーザーたちからは「重加速」「どんより」「ロイミュード」「不安」「怖い」という言葉が投稿された。

その書き込みと同時に、

『悪夢の記憶は甦り、再び恐怖は広がった。全て計画通りだ。聖なる儀式はもうじき完成する』

という犯人からのメッセージを思わせる不穏な書き込みも見られた。

結局、赤色化を伴ったあの犯行は、どんよりバンドの中に仕込まれた着色された猛毒によるものだということがわかった。

何かの信号で、バンドから針が伸び、次々と強盗たちに猛毒が注入されたのだ。

また、襲撃された地上げ屋の監視カメラの映像から、社長を襲撃したのは脱走した囚人、根岸逸郎であることもわかっていた。

さらに拘留中の浅村を銃殺したのは仁良光秀と判明。

彼らは何者かの命令に従い行動している。

実行犯自身の正体を隠そうとはせず、大胆不敵に。

そこに逆に首謀者の狡猾さと強い自信を感じた。

そしてさらに今、新たな共犯者たちの存在が浮かび上がった。

信用金庫襲撃に加わった青木たちは、その後の調査により全員ごく普通の学生やサラリーマンであることが判明した。

しかも彼らをつなぐ接点は今のところ何も浮かんではこなかった。

この一連の事件の犯人は、警察が睨む通り西堀光也なのか？

だとすれば、西堀はどうやって彼らを犯罪の共犯者として選び、巻き込んだのか？

そして、犯人がもし西堀光也じゃなかったとしたら——。


「報告ありがとうございました。年末休み返上で申し訳ないですけど、皆さんよろしくお願いします！」

今や特状課が捜査会議の主導権を握っていた。

本願寺さんが会議を締めようとしたその時、

「一つ、気になることが」

ふと、意外な人物が言葉を放った。

それは究さんだった。

「今回の事件に加担し殺害された五人の男女は、全員、あるオンラインゲームの常連だったことがわかってます」

「オンラインゲーム？　て、まさか――」

俺はすぐにピンときた。

「そう、これさ。映像、回しますね」

大型モニターにネット画像が転送され、ゲームのオープニング画面が映し出される。

ゲームのタイトルは『ラビリンス・オブ・アニマ　魂の迷宮』。

俺が帰国した時、究さんが夢中になっていたネットゲームだ。

「このゲームの特徴はステージごとにクイズが出題されることなんです」

「クイズ⁉」

初めて犯人に迫る情報に室内からどよめきが起きた。

「しかもいくつかの単語がヒントとして出され、ユーザーはそのヒントをもとに正解に辿《たど》りつき、次のステージへと進む。僕も実際このゲームにトライし最終ステージまで辿りついたんです。でも！　なぜか何度挑戦してもクリアできなかった。このネットワークの天才の僕が！　あり得ない！　理不尽だ！」

次第に熱を帯びる究さんの目がきらりと光った。

「でも、やっとその理由がわかった」

「その理由は、今回の事件と何か関係が？」

俺は興奮していた。こういう時の究さんは、異常に頼り甲斐がある。

「大ありさ！　このゲームはある目的のために配信された可能性がある。つまり今回の犯罪に適応し、役割を与えられる人間を選抜するために！」

あまりに突飛な推測に、再び室内がざわついた。

どうやら究さんの説明が理解できないようだ。

「究ちゃん。もう少しわかりやすくお願いできますか？」

本願寺さんの言葉に、究さんは慌てて付け加えた。

「つまり洗脳されたんです。最終ステージをクリアできた人間たちは皆、このゲームから発せられたなんらかの――そう、特殊な視覚効果や音声によって、ゲームサイトの管理人の命令に忠実に従い行動する信奉者にされた」

ここ数日の異常な事件に晒《さら》されてきた捜査員たちは、ようやく究さんの言葉の意味を理解した。

信奉者というワードには俺にも聞き覚えがあった。

銀行を襲った青木が口にした言葉だ。

「そのゲームマスターが、今回の犯罪の主犯ということか?」

　進兄さんが呟いた。

「全てはロイミュード犯罪の模倣。犯罪だけでなく予告の仕方までも。やはり主犯は西堀光也――」

　早瀬さんが続いたが、究さんが割り込んだ。

「いや、実はこのゲームの製作者、配信元をいくら辿ろうとしても決して辿りつけないんだ。西堀光也であることも証明できていない」

「で、そのゲームのサイトには、どれくらいの人間がアクセスしていたんですか?」

　本願寺さんが質問する。

「現在までの累計アクセス者数は国内で約二千万人」

「二千万人!?　そんなにも大勢の人間が?」

「まさかそいつらが全員、西堀光也の信奉者?」

　りんなさんもこのゲームをしていた。

　自分に心当たりがないのを感じて聞いたのだろう。

「いや、この二千万という数字に対して、このゲームの最終ステージをクリアした人間は異常に少ないんだ。最終ステージをクリアした人間たちは、例のどんより強盗団五人の他には現在、百三人」

「合計で、百八人……！」

俺も、進兄さんも、りんなさんも、みんな顔を見合わせた。

偶然にもロイミュードの数と一致している。

いや、恐らく偶然ではないだろう。

事件の首謀者はそこまで綿密な計略を練っていたに違いない。

全てのキーワードがロイミュードを示すように。

「つまり役割と関与の重要性の濃淡はあれ百八人の人間がなんらかの行動を取っている。一種のカルト集団と同じです。だがこの集団の特異性は、彼らはネットの世界のみでつながり、互いに相手の素顔も本名も知らずに今回の犯罪計画に関与しているということです！」

究さんが胸を張った。

「まったく、恐ろしい男ですね。西堀光也という人間は」

本願寺さんの発言に進兄さんが異議を唱えた。

「本当に、奴なんでしょうか？」

俺も目を見張って進兄さんを見た。

「え？　泊ちゃんはこの事件の主犯が西堀光也ではないと？」

「何か……違和感があるんです。西堀という男にそこまでの統率力があるのか？　奴は自分以外の人間を徹底的に見下していた。愚民と罵っていた。仮に西堀がなんらかの方法で投獄されながらにしてオンラインゲームを構築したとしても、西堀とゲームサイトの管理人との人物像がどうもつながらない」

「なるほど。泊ちゃんの直感ですね。つまり、そのカリスマ性で事件をコーディネートしている人間は西堀光也ではなく、他の誰かだと？」

「あくまで可能性の問題です」

俺の心にずっと引っかかっていた違和感。

それを今、進兄さんが言葉にしてくれた気がした。

では西堀が信奉者を集めるための影武者だとしたら。

本物のミスターXとは誰なのか？

誰であれ西堀光也に近しい人物であることは間違いない。

「西堀には現在、服役中の娘がいます。名前は西堀令子。彼女が今回の事件の黒幕という可能性は？」

発言したのは――狩野だった！

「ちょっと待てよ」

俺は狩野に近づいていた。

「彼女は違う！　むしろ犠牲者なんだ！　俺と同じ十字架を背負った、自分じゃどうにもならない宿命に翻弄されて、自分まで知らず知らず怪物に――」

「剛。落ち着け！」

進兄さんが俺の肩を強く摑んだ。

「捜査会議ではあらゆる可能性を検討する。それが捜査の基本だ」

狩野が続けた。

「……わかった。だったら、俺が確かめる」

狩野はいつも刑務所の外で、俺の接見の帰りを出迎えていた。

もちろん俺と令子とのやりとりは全く聞いていないはずだ。

だが、接見の一部でも見ていれば、令子が黒幕でないことはわかるはずだ。

令子にさらに話を聞く必要がある。

俺は向きを変えて進兄さんの手を解くと、会議室を出た。

時間は刻一刻と過ぎていく。

【第4章】

『私』は一体だれなのか

「おい、剛!!」

「大丈夫ですよ」

追いかけようとする泊進ノ介を本願寺が制する。

「彼はもう十分大人です。それは泊ちゃん、あなたが一番知ってるはずです。それに、お目付け役もいますしね」

出て行った詩島剛の後を追って部屋を出ようとする狩野だったが、その肩を泊進ノ介が摑んで引き留めた。

「頼むぞ、あいつのこと。狩野」

「大丈夫だ。お前はあいつのブレーキ役かもしれないが、俺はあいつのアクセルだと思っている」

「お前あいつを焚《た》き付《つ》けるためにわざと……」

「あいつは恐らく、西堀令子の真理に迫りつつある」

ニヒルな笑いを浮かべると狩野は泊進ノ介に対して軽くうなずき、部屋を出て行った。

あぁ、うんざりだ。

刑事たちの友情ごっこには。

私はこんなものを見るためにこの警視庁の大会議室に潜んでいるのではない。

そう。私は、捜査関係者のパソコンに視点をおき、捜査会議の全てを見ていた。

まぁ、それなりに収穫はあった。

西城究が『ラビリンス・オブ・アニマ』に気づいたのだ。

さすが、かつてロイミュードとシンクロした経験を持つ人間だ。

だが、このオンラインゲームの存在がいつかは事件とつながるとは予想していた。

それでいい。

むしろ、つながってもらわなければ困る。

私は二年間をかけてこのネットゲームを構築した。


グローバルフリーズが起こる直前、新京大学人間科学部の小田桐《おだぎり》という教授がアニマシステムなる発明を成功させた。

そのシステムは人間の脳をネットワークの世界にダイブさせるという奇妙なものだった。

それは、クリム・スタインベルトがベルトに自分をダウンロードしたシステムの進化版ともいえるものだった。

小田桐教授はグローバルフリーズの影響で命を失った。

そして、小田桐教授のパソコンに残されたアニマシステムは結局ロイミュード側が「邪魔」と判断して闇に葬った。

と、ここまでが警察と仮面ライダーが把握している、いわゆる公式の情報だ。


しかし、真実は違っていた。

私もアニマシステムを手に入れていた。

グローバルフリーズのあの日、私は小田桐教授のパソコンにアクセスできた。

それは私が人生最大の災いを被った日であった。

にもかかわらず、その災いは転じて福となった。

私は、アニマシステムをコピーした。

アニマシステムの力で、私は仮面ライダーに倒された全てのロイミュードの復讐心、羞恥心を味わった人間たちの嫉妬の心を容易に集めることができたのだ。

このシステムを利用し、全てのステージをプログラミングして完成したのが『ラビリンス・オブ・アニマ』だった。

私がようやく準備を整えた二年前から計画は始まったのだ。

ある日突然、不特定多数の人間のスマートフォンに、『ラビリンス・オブ・アニマ』のアイコンが表示される。

腐るほどのアプリケーションがある中、デスクトップ画面に一つアイコンが増えたくらいでは、人は違和感を抱かない。

何かのダウンロードの時に、ついでにボタン押しちゃったかな?

そのアプリは空気のような存在だ。

だが、ふと起動してしまう。

こうしてゲームは始まる。

ゲームは瞬く間に人間の間に広がり、感染力を強める。

ゲームをクリアしたころにはすっかり私の心とシンクロしている。

私の考えが手に取るように理解でき、私の言葉に耳を傾けてしまうはずだ。

その時にはもう手遅れだ。

私の奴隷になるしかない。


ここで、警察がゲームの存在に気づいたことは最低限の前進だ。

だが、まだ肝心なことに気づいていない。

ゲームが瞬く間に広がったように、私も瞬く間に視点を移動することができるのだ。警察の捜査活動の全てを把握できる場所に私がこうして侵入できる限り、決して警察は私を捕まえることはできない。

なんと皮肉な話だろう。


まぁ、とにかく。次のステージに進むとしようか。


関東中央刑務所に向かってバイクをとばす俺の脳裏に、捜査会議で狩野が口にした言葉がリフレインしていた。

「西堀令子。彼女が今回の事件の黒幕という可能性は？」

俺は、その言葉を心の中で必死に否定していた。

彼女がこの犯罪の首謀者であるわけがない。

俺が彼女に語った家族のこと、親友のこと、そして自分自身のこと。

それは彼女に俺の情報を引き出すという目的があったからなのか？

かつて俺を裏切った令子。
彼女はまだ俺のことを恨んでいる?

ロイミュードとの戦いの時、俺は全てを疑っていた。
人類を破滅させるマシンを作り出した自分の父親の存在。
ロイミュードによって殺された俺の親友。
令子をはじめ、ロイミュードと結託した数々の犯罪者たちの行動。
そしてゴルドドライブの誕生。
俺は全てに翻弄され、騙され、そして疑った。

だけど、疑念の最後に見たものは悲しい景色だった。
親友に「お前はダチだ」と認めてやることさえできなかった自分自身の姿だった。
今、俺が疑うことはチェイスが無駄に死んだのと同じだ。
俺は、信じる。
令子は犯人じゃない。

「新しい予告動画が配信されました！」

　捜査会議室の大型モニターに捜査員の視線が集まる。


　私が配信した映像だ。

　カメラの前に座らされた天野千草に仮面の男がメモを手渡した。

「もういや！　家に帰して！」

　前の女と同じように、この女も反抗心を露わにした。

　だがそれは仮面の男には通じない。

　男は、拳銃を天野千草に向けたまま、片手の五本の指を大きく広げると、それをカウントダウンするように一本ずつ折り曲げていった。

「どうして私なの？　ねぇどうして⁉」

　四本。三本。二本……。

「ダメだ……読め……読め」

　堪えられない、という表情で早瀬が呟いている。

頭に拳銃を押し付けられ、カチ、撃鉄が起こされた。

そこで観念した天野千草は、涙声で震えながら必死に予告文を読み始めた。

「目撃者の少女。四度目の恐怖。隠された聖なる炎。狙われてるのはだ〜れだ？　予定時間は……三十分後」

そこまで天野千草が読んだ瞬間——。

バン！

銃声が響き——、画面がブラックアウトした。

今回もなかなか臨場感溢れる演出だ。

私はその出来に満足した。


「まさか、人質が射殺された⁉」

「これで二人目だ！」

「クイズの答えは？　時間がないぞ！」

騒然となる室内を私はパソコンを通して見ていた。

爽快だ。

世界のどこにいてもネットワークを通じて人間を翻弄することができる。

それも個人レベルではなく、組織を。

西城がキーボードを叩くと、たちまち一人の少女の写真がメインモニターに表示された。

「四度目の恐怖。目撃者の少女。これは間違いなく、彼女のことだ」

本願寺もはっとなり、

「唐沢ゆかりさん、ですね。彼女は今どこに？」

「受験直前、冬期補習中です。場所は都立麗泉高校！」

大型モニターに地図が現れ、高校の位置が表示される。

「彼女のことは常に警視庁の捜査官が監視してます」

早瀬が冷静な表情のまま続けた。

「俺たちも行こう、早瀬！」

泊進ノ介がいてもたってもいられない様子で部屋を飛び出した。

早瀬も少し足を引きずりながら、ついていった。


そうだ、踊れ。仮面ライダーよ。

私の意のままに現場に駆けつけ、思う通りの行動を取るしかない。

この事件のクライマックスは近い。

私の正体に辿りつける者がいるか、楽しみだ。

たとえ辿りついたとしても、その時には為す術が何もないだろう。

私の前で這《は》いつくばり、悔しい表情を浮かべながら死んでいく。

さぁ、ショーの始まりだ。


「ごめん。家族のこと……あまりいい思い出がないの。歪んだ、醜い記憶ばかりで……」

俺は緊急措置として再び令子との接見を取り付けた。


アポなんて取れるわけがなかった。

特状課の権力をかざして、超法規的措置として強行突破した。

狩野もバイクで俺を追いかけてきた。

狩野は元来白バイ警察官であり、特状課のワゴンよりもバイクの運転が本領だった。

しかし、刑務所の前で俺に追いついた狩野は、あることを伝えてすぐにその場を去った。

新しい動画がアップされたという情報が、ここに来る途中の狩野の耳に入ったという。

狩野によると、麗泉高校でとんでもない事件が起きようとしている。

刑務所から去る時の狩野の顔は、今まで刑務所の前で俺のことを待っていた時の表情とは全く違っていた。

正義を守る警察官の顔をした狩野の姿がそこにはあった。

つまり、今回の令子との接見は現在進行形の事件の捜査に関わる、今まで以上に重要な接見になったのだ。

ことは一刻を争う。


前回の接見で俺の全てをさらけ出したことが幸いし、令子は躊躇なく俺に語りだした。

父、西堀光也のことを。

子供の頃、彼女は父親が偉い先生だと思っていた。

たまにテレビに出るのも知っていた。

でも母親は父の出る番組をなぜかすぐ消してしまった。

それから数年後、令子が中学生の時、母は家を出た。何も言わずに失踪したのだ。

「お母さんを探して！」

そう懇願する令子を無視して父は何もせず、毎日ただ研究に没頭し、有名な犯罪心理学者として笑顔でテレビに出演した。

そんな父を令子も次第に嫌い、いや、恐ろしくさえ思った。

父の笑顔の裏にどす黒い感情を垣間見たからだ。

そして父親のことを調べ、気づいた。

父が単なる犯罪研究家ではなく、実際の犯罪者だということに。

だが驚いたことに彼女は全くショックを受けなかった。むしろ安心したのだ。

やっと胸のつかえが下りた。

ずっと予想していた通りの答えを知った、そんな喜びすらあった。

「その時、私は確信したの。自分にも父と同じ血が流れていることを。だから——簡単にできるのよ」

「……え？」

「人の心を操るなんて」

不意に令子の表情が冷酷なものに豹変し、その口許がニヤリと嗤《わら》った。


今年度から都内の高校全校にはコンピューターシステムによる授業形態が取り入れられた。教壇に立つ教師がパソコン画面をホワイトボードにプロジェクションすることができる。もちろんホワイトボード上に投影された文字、図、写真には書き込むことができ、全てがリンクしている。そしてすべてのパソコンには今やカメラ機能がついていて校内を監視することができる。麗泉高校もその例外ではない。

教育機能の発展のお陰で、私の視点もやすやすと唐沢ゆかりのいる教室に瞬間移動できるというものだ。

あんなに急いで捜査会議の部屋を出た泊進ノ介や早瀬明を余裕で追い抜いている。

ふと校庭を見ると、ようやくその二人が到着したところだった。

唐沢ゆかりは今年最後の補習授業中。

「今のところ異常はなし」と伝えられているはずだ。

泊進ノ介と早瀬が校舎の方に向かった時、背後から数台の警察車両が来て、二人を追い越し、続々と校庭へと走りこんだ。

「本庁の援軍の到着か」

「いや、何か……様子がおかしい」

という声が聞こえてきそうなやりとり。

その表情は怪訝《けげん》さに支配されている。

数台の警察車両がまるで校舎の出入り口を塞ぐように停車。

中から武装した警官たちが次々と降り立つ。

警官たちはサブマシンガンやロケットランチャーまで装備している。

そして、最後に降り立つ警官の顔を見た瞬間の泊進ノ介の表情が最高に面白かった。

愕然。「ガクゼン」という言葉の濁音がその表情から響き渡るような屈辱の顔。

そう。車から降りたのは――、仁良光秀だった。

さあ、悪魔の登場だ。

泊進ノ介に気づき、振り向く仁良が笑顔で手を振った。

「お久しぶり、泊く〜ん。どうこの警察の制服？　元警察官の俺にはやっぱり似合うよね〜。初心に戻っちゃうな〜。さぁて！　また一緒にゲームをしようか」

おどけていたその顔が不意に険しくなり、

「ロイミュードとの勝負、最後まで見させてもらったよ。たださ〜。すっげーつまんなかった！　だってロイミュード腑《ふぬ》抜けになっちゃうんだも〜ん。だから俺が出てきた。今度は、俺が勝つ」

するとと仁良は自動小銃を校庭に向けて発砲した。

そこには、脱獄犯・根岸逸郎までもが加わっていた。

茫然と見る泊と早瀬。

あまりに信じられない光景に、思考能力がついていかないといった表情だ。

校舎の中にいた生徒たちはすでに校庭の異変に気づき窓から外を眺めており、仁良の発砲を目撃した。

さらに武装した警察官たちが一斉に校舎に向かって突撃を始め、校内は瞬く間に阿鼻叫喚に包まれた。

「さて、楽しい狩りの始まりだ。いーひひひひ！」

「待て、仁良！」

追いかけようとする泊進ノ介たち。

だが武装警官に阻まれ、前進できない。


仁良はここに来る。

唐沢ゆかりというかつての仁良の獲物。

仁良がかつて殺した泊進ノ介の父・英介の手によって守られ、命をつないだ唐沢ゆかり。

今は亡き泊英介に負けたままで終わらないために、仁良ができることは唐沢ゆかりの命を奪い、英介が最後に守った命をこの世から消去することだからだ。

それが為された時、泊進ノ介の感情も、警察全体の感情も大きく膨れ上がり爆発することだろう。

それでいい。

それこそが私が待ち望んでいるもの。

復讐だ。


透明な壁越しに俺のことを真っ直ぐに見つめたまま、令子が続ける。

「例えば刑務所の中でも情報はいくらでも集められる。その情報をもとに綿密な計画を練り、不特定多数の人間たちに命令し、従わせることだって可能よ」

確かに集団脱獄事件は起きた。

それは令子の言葉を裏付けるものだ。

でも、俺は信じることに決めたんだ。

「違うだろ」

「……え？」

「違う！　絶対に違う！　君のはずがない!!　だって君は……本当は父親に……認めて欲しいと願っていたから」

俺の脳裏には進兄さんに逮捕された時の令子の涙がよぎっていた。

あの涙の意味、俺にはわかる。

あの涙に込めた父親への思いが。

「………………」

「君は他人の人生そのものをコピーすることで究極の犯罪を完成させようとした。自分の命まで懸けて」

「……そうよ！　あの時、あなたが私を殺していれば、こんな惨めな思いをすることはなかった！」

「でも！　君はあの時泣いていた。自分に振り向いてくれない父親を認めさせるには、乗り越えるしかないんだよ。他人の犯罪を模倣することでしか自己表現できなかった父を、乗り越えるしか……」

「………………」

ふと令子は俯《うつむ》き、涙を流した。

「どうして……」

「え……？」

「どうして悪人として接してくれないの？　私は犯罪者なのに、どうして何度も会いに来て、まるで友達みたいに優しい笑顔を見せるの？」

「それは……君が他人には……思えないから」

「………」

「君は俺と似てる。だから君と話していると、何か、素直になれる」

「………」

「俺は、君を信じる。君はもう誰かを傷つけたりはしないって」

「……ちょっと、まいったな」

「………」

「そこまでストレートに言われると、素直になっちゃいそう……」

「……協力、してくれないか」

「………」

「俺は自分の父親を殺すことでしか決着をつけられなかった。でも君は……まだ間に合う」

「………」

「この犯罪を止めてくれ。今度こそ父親を越えることで！　それは……君にしかできない」

令子の瞳は鋭く変わって俺を見た。

唐沢ゆかりは、危険を察知したのか教室から駆け足で出て行った。

いったいどこに隠れようというんだ？

どこに行っても無駄なのに。

私はどこにだって行けて、どこに隠れていても悪魔に伝えることができる。


仁良を先頭にして、根岸と武装警官が前進してきた。

「ターゲットが場所を変えた。音楽室だ」

私が仁良に連絡をすると、軍団はその進行方向を変えた。

途中で唐沢ゆかりの監視役と思われる警察官が止めようと試みるが、いとも簡単に制圧されてしまう。

こうなってしまうと、かつてのロイミュードと何も変わらない。

本当の悪魔は心の中にこそ存在し、今の仁良は悪魔以外の何物でもない。

「どこだ～？　お、あった！」

仁良は音楽室を見つけると、そのドアに意味もなく小銃を浴びせてドアを破壊した。

だが、飛び込んだ先には人の姿はなく、静寂に包まれていた。

それもそのはずだ。

唐沢ゆかりは楽器の下に身を潜めて隠れているのだから。

私は仁良に少し意地悪をして、そのことは伝えずにおいた。

「どこですか～。唐沢ゆかりさ～ん」

こういう時の仁良は計算不能で、底のない恐ろしさを醸し出す。

仁良は微笑み、再び小銃を乱射し始めた！

続けて他の武装警官もそれに続く。

太鼓の革は張り裂け、鉄琴が高い金属音を響かせた。

木琴は粉々に砕け、ピアノも同じように漆黒を剝《そ》がれその木片を露わにした。

人間の偉大な創造物である音楽。

仁良の銃撃音は、その創造物へのこれ以上もない侮辱の旋律のようにも聞こえた。

銃声がやみ、音楽室がもう一度静寂に包まれた時、一人の少女が楽器の陰から立ち上がった。

唐沢ゆかりだ。

「み～～つけた」

仁良はニッコリといやらしい微笑みを浮かべ、ゆっくりとゆかりに銃口を向けた。


俺と令子の間を長い沈黙が支配していた。

ただ、俺たちの視線と視線はお互いに語りかけるように、見つめ合っていた。

他人を疑い続けた二人が、お互いの真実を見極めるかのように、俺と令子は意図して沈黙を続けた。


やがて令子が視線を外した。

そして、一つ大きな深呼吸をし上体を後ろに倒して背中を大きく伸ばした。

俺の前に顔を戻した令子の表情は決然としたものに変わっていた。

「……わかった。協力するわ。せめてもの、罪滅ぼしとして。私なら父の計画を分析できるかもしれない。この事件の——本当の目的を」

「ありがとう」

「聞かせて。今回の事件の全てを——」

「ね、おじさんたちのこと憶えてるかな～？」

自動小銃を向けられた唐沢ゆかりの態度は意外にも毅然としたものだった。

ゆかりは仁良と根岸を睨み返し、言った。

「もちろん、憶えてる。二人とも、人殺しよ」

その言葉に一瞬、根岸の表情が曇った。

「ピンポーン！　大正解！　ではご褒美として銃弾をプレゼントしましょ～ね」

仁良が自動小銃を向け直した次の瞬間だった。

音楽室の出入り口付近にいた武装警官たちが次々と倒れ伏した。

続けて入ってきたのは泊進ノ介と早瀬明だった。

「銃を捨てろ、仁良、根岸！」

泊進ノ介が叫ぶと同時に仁良も根岸も銃を出入り口の方に向けた。

「おやおや、いらっしゃいませ～。わざわざ自分の父親が守った女の子が死ぬとこを見に来たの～？」

「そうはいかないぞ、仁良」

早瀬が仁良を睨み付け銃を構えている。

「復帰したの、早瀬く～ん。ネゴシエーターとしてだけって聞いてたけどぉ？　あまり無理して刑事っぽいことしたら、また怪我するよ～」

仁良のやわらかい口調はそこまでだった。

銃口を再び唐沢ゆかりに戻すと、語気を強めて言った。

「泊進ノ介！　この女はお前のせいで死ぬんだよ！」

仁良は躊躇なく、小銃のトリガーを引いた。

銃声が再び音楽室に響き渡り、その場に人影がドサッと倒れた。

しかし、その光景は私も、そして仁良さえも予想したものとは異なっていた。

倒れた人影を唖然《あぜん》として見つめる仁良が、表情を歪めて呟く。

「……泊……英介？」


だがそれは――、根岸だった。

根岸がゆかりを、身を挺して庇ったのだ。

ここにも一人、不可解な行動を取る人間が。

「おい、お前、それは何の真似だ？」

仁良が今まで仲間だと思っていた根岸に凄んだ。

「もう、よせ。もう俺は……人殺しはうんざりだ」

仁良は音楽室の床を赤く染めている根岸の脇腹を、二、三度強く蹴り上げた。

「人殺しはうんざりだあ？　今まで散々人を殺しておいて――」

根岸はさすがに呻き声を抑えることができず、絶叫した。

「やめろ、仁良！　俺の親父を殺したのは根岸じゃなかった。それはお前だった！　そいつの、根岸の殺意を煽《あお》る権利はお前にはない！　本当の人殺しはお前だ、仁良！」

それは泊進ノ介が発した言葉だった。

「うるせぇ！　正義の味方崩れは黙ってろ！」

だが、泊進ノ介の言葉を聞いた根岸の絶叫は、再び決意のものへと変わっていた。

「もう終わりにしたいんだ、こんなことは！」

「あ～そ～ですか、なら、お望み通りに」

仁良はこの会話にすでに興味を失ってしまったようだった。

ズドン、と躊躇なく引き金は引かれたのだ。


いや、違う――。

次に発射された弾丸は仁良の銃のものではない。

それは早瀬が撃った拳銃のものだった。

「貴様あああああ!!」

肩を撃ち抜かれた仁良が自動小銃を今度は早瀬に向ける。

だが時はすでに遅かった。

泊進ノ介があっという間に距離を詰め仁良に膝蹴りをお見舞いした。

さらに小銃を薙《な》ぎ払《はら》い、強烈な連続パンチで仁良をノックアウトした。

「仁良――！」

泊進ノ介の絶叫が響いた。

仁良の上に馬乗りになった泊進ノ介は、仁良の襟首を押さえつけ床に押し付けた。

「俺は、お前より悪意に満ちた奴を知らない。だが、覚えておけ。お前が何度悪事を重ねようとしても、俺が必ず止めてやる。一つ残らずだ！」

そう言うと、泊進ノ介は速やかに仁良の手首に手錠を掛けた。

「あは〜ぁっはははは。面白い、だったら俺は……」

そこまで言ったところで、泊進ノ介の正拳が仁良の顎に振り下ろされた。

仁良は喘《あえ》ぎ声《ごえ》を上げると、気を失ったように首を歪めた。

「返事は聞いてない……」

泊進ノ介が焦点の合わない仁良を睨み付けた。

仁良はすぐに早瀬と駆けつけた捜査官たちによって部屋から連れ出された。

「大丈夫か、ゆかりちゃん……」

「刑事さん……。は、はい。信じてましたから」

「すまなかった……。でも、何度でも必ず守るから、絶対に」

涙を流してゆっくりとうなずくゆかりの肩に泊進ノ介は手を置いた。


久しぶりに見たよ。

正義のヒーローの活躍を。

いつ見ても反吐が出る。

泊進ノ介は思いのほか冷静だった。

その感情を爆発させることにはどうやら失敗したらしい。

だが、私の決意を一層固くすることに仁良は成功した。

必ず仮面ライダーに復讐してやる。

そうだ。

まだこのショーは終わっていない。

いや、むしろ始まったばかりだ。

俺は必死だった。

テレビ電話の相手はなかなか応答せず、焦燥感で胸が詰まる。

永遠と思えるほどの通話待機音が続いたのは、一分間ほどだっただろうか。

ようやく相手が答えてくれた。

それは本願寺さんだ。


「剛君じゃないですか？　安心してください。ゆかりさんは無事です。泊ちゃんたちが、無事彼女を救い出してくれました」

「本願寺さん、違うんです。まだ、終わっていないんです！」

「ど、どういうことですか？」

「その前に、お願いがあります」

「ちょっと待って。西城君！　剛君からの電話をメインモニターに！」

どうやら俺の通信は捜査会議室の巨大モニターに映されるらしい。

話が早い。

「この一連の事件の計画者はやはり、西堀光也です！　今から奴が仕掛けた罠と勝負します」

「勝負？　どうやって？　どういうことです？」

「彼女が解析したんです」

俺は、透明なアクリル板の向こうの令子をテレビ電話画面を通じて映し出した。

「西堀令子⁉」

捜査本部のどよめきが聞こえるようだった。

「その女は西堀の娘で、しかも犯罪者じゃないか！　信用できるのか⁉　共犯者の可能性も――」

「信じましょう」

捜査一課長の言葉を本願寺さんが遮ってくれた。

「剛君が信じたのです。我々も賭けましょう。世界で一番、西堀光也の手の内を知っているであろう人間に」

警視庁の捜査という名の門は、俺に向かって大きく開かれた。

後はそこに飛び込むだけだ。

「本願寺さん、麗泉高校の襲撃はまだ終わってない。すぐに俺の通信を進兄さんにつないでください！」

「わかりました。しかし、どういうことです？」

「俺は、今回の一連の事件を西堀令子に全て説明しました。彼女にクイズのことも聞いてみたんです。後は彼女から説明を」

俺は携帯を彼女の方に向けた。

「よく聞いて。『目撃者の少女と四度目の恐怖』。このキーワードまでは解析された通り。だけど『隠された聖なる炎』の意味はまだ解かれていない。聖なる炎は爆弾。そして、隠されていることの意味は、今回の一連の事件を見ればわかるわ」

「それはつまり——？」

本願寺さんが令子に対して丁寧に対応する。

一応犯罪者である令子の気分を害さないよう配慮しているのだろう。

「西堀光也の十八番。複数の謎を提示して、過去の自分の事件に一番重要なヒントを隠す。今回の一連の模倣事件を時系列に並べた時、五つの文字からなる、キーワードが浮かび上がる」

「キーワード？」

今度は究さんだ。

ゲーム性が高まってきた今回の事件に興味津々なのだろう。

その期待に応えるように、令子が続ける。

「クリスマス・イブの日、大停電の時に起きた火災は古館北地区だけに限られていた。続いて予告されたのがオリオン総合スタジアムの崩落事件、さらに夏目台集合団地での警官への洗脳、強盗事件が起きた銀行の名前は戸塚信用金庫、そして現在事件が起きている高校が麗泉高校。この五ヵ所の頭文字を、アルファベットで並べれば特状課の皆さんにはお馴染みの言葉が浮かび上がるはずよ」

その言葉が終わるまでには、究さんから文字画像が俺の携帯画面に送られてきていた。

究さん、俺の携帯を完全にハッキングしてやがる。

どいつもこいつも嫌んなるほど頭が切れるぜ。

画面にはＦＯＮＴＲの文字。

「そう、フォントアールだ！」

俺は、聞いているであろう捜査員たちに向けて言った。

「ロイミュード０２３、クラッシュの事件で新型爆薬を密輸していた製薬会社よ。この事件も爆弾絡み。偶然じゃない」

「つまり、まだ爆弾は他にある！」

俺は再び叫んだ。

「この事件を仕組んだのは間違いなく西堀光也。私にはわかる。クラッシュロイミュードの事件を最後まで完璧に模倣してくるはずよ」

それを聞いた本願寺さんの指示は極めて速やかだった。

かつてこんなにちゃんと指示を出した本願寺さんを思い出そうとしたが、心当たりがなかったくらいだ。

「トラックですね！　麗泉高校に通じる全ての道路に緊急配備してください！　周辺五キロの監視カメラに不審なトラックがないか大至急確認！」

捜査員たちの動きが激しくなった。

令子に一連の事件の話をした時、令子が最も注目したのが事件現場の固有名詞だった。

どうやら令子の言う通り、西堀光也の趣味らしいのだ。

俺は、浮かび上がったフォントアールの文字に心底驚いたが、同時にここまで続けてきた令子との接見が実を結んだことを確信した。

そして、令子が真犯人でないことも。


久々の特状課での捜査にもかかわらず、ゲームの気づき以来気を吐いている究さんが、忙しくキーボードを操作している。

恐らく究さんも燃えているはずだ。

足を使う捜査を封印された追田現八郎《げんぱちろう》の刑事魂に代わって、自分が役に立つために。

やがて、究さんの動きが止まったかと思うと、その眼鏡がキラリと光った。

「麗泉高校の東南東約一キロに制限速度を大幅にオーバーし走行する不審車両がいます！」

市街マップに移動する光点が表示され、俺の携帯には爆走するトラックの監視カメラ映像が転送されてきた。

「間違いない。トラックは一直線に麗泉高校に向かっている！」

俺は叫んでいた。

監視カメラの映像は次々と場所を変え、トラックを映し出している。

ところが、その映像は途中から墨汁をこぼしたように真っ黒に塗り替えられてしまった。

「映像が途絶えた。どういうことだ」

「もしかしたら、悟られているのかもしれない」

令子が言った。

「どういうこと？」

「いつも感じてた視線。警察も、私も、この事件に関係する人間は監視されている。父の犯罪らしく、ネットワークを駆使して」

見られている感じ。

それは俺にも心当たりがある感覚だった。

なんということだ。

だとしたら、俺たちの全ての行動は犯人に把握されていることになる。

俺はハッとした。

「だからか……。だから警察さえ犯人の足取りを全く摑むことができなかった……」

俺は特状課の捜査が無効化されている今回の一連の事件の正体を垣間見た気がした。

不意に俺の携帯から再び究さんの声が響いた。

「こいつネット使って警察の捜査を邪魔してるみたい！　でも僕だって、こんな奴に負けるつもりはないよ！」

俺の携帯は暴走するトラックの映像に切り替わった。

これまでの監視カメラの映像とは違っていて、誰かの視点のような臨場感溢れる映像だ。

「どうだ俺のヘルメットのＣＣＤの映像は拾えているのか？」

聞き覚えのある声が響いた――。

狩野だ。

狩野がバイクでトラックに追いついたのだ。

刑務所から決然と出動する狩野の表情が思い出された。

「狩野君、大丈夫。この事件の捜査関係者を優先して回線を保護した。映像は全捜査官が見ている」

「狩野、了解」

狩野の様子を俺は自然とチェイスに重ねていた。

チェイスだったら、この苦境をなんとか打開してくれるはずだ。

俺はその思いを、狩野に預けた。

狩野の視点のCCDがトラックの方に向いた。

その運転席には——。

「誰も……乗っていない……」

「このトラック、電気式よ。全ては制御されている」

令子が冷静に答えた。

「フォントアールの事件を模倣するなら後部荷台には爆発物、恐らくニトロのような液体有機化合物が積まれているはず。相当な破壊力よ」

「まずいぞ、このまま校舎に突っ込めば……」

「校舎はひとたまりもない。さすがとは言いたくないけど、父は……、西堀光也は他人の犯罪を模倣しながら常に裏をかいていた。物事には必ず複数の側面がある。表に見えるものだけを見ていたら、騙されるわ」

　その時、映像の主観は運転席のドアを開け、トラックの中に乗り移った！

「あいつ、なんて無茶な……」

　だが、ハンドルを揺らしてもブレーキを踏んでも何も利いていないのが、映像を見て伝わってくる。

「ダメだ！　くそ！」

　悔しがる狩野の声と共に、視界には麗泉高校が見えてきた。

「校舎への衝突まで一分」

　令子が剛に振り向く。

「捜査本部の西城究に遠隔操作電波の発射点の特定と遮断を依頼して」

「わ、わかった。――究さん！」

　と、携帯に向かってしゃべりかける声に究さんの必死な声が返ってきた。

「もうやってるよ！」

　一方、暴走するトラックは検問を突破した。

　前方に高校の校門が見えてくる。

「まだ避難は完了していない！　止めるぞ！」

進兄さんからの通信の声だ。

よく見ると、校門の前には進兄さんが立ち塞がり、拳銃を構えている。

まったく『刑事で仮面ライダー』とはよく言ったものだ。

進兄さんはもう仮面ライダーには変身できない。

でも、仮面ライダーとしての魂はクリムがいなくても消えていない。

仁王立ちの進兄さんの姿勢がそれを物語っていた。

視点は、トラックのサイドブレーキに移った。

狩野がサイドブレーキを引こうとするが動かない。

その時、ドンと進兄さんが発砲したらしい音が響いた。

タイヤを撃ったらしい。

だがトラックの速度は落ちず、直進したままだ。

「校舎に激突するぞ！」

俺は思わず呟いていた。

「ぐおおぉぉ！」

と、地響きのような声を上げた狩野がさらにサイドブレーキを引くと、ガタン！　という大きな音を上げて、レバーが大きく動いた。

狩野の視点が上がる。

フロントガラスの向こうには、射撃を続ける進兄さんの姿が見えた。

トラックは激しいブレーキ音を上げながらも、進兄さんに向けて一直線に進んでいる。

しかし、進兄さんはその場から立ち去ろうとせず、ひたすらタイヤを撃ち続けた。

「ダメだ、突っ込むぞ！」

という狩野の絶叫の後、キーンと耳障りな金属音が飛び込んできた。

どうやら、銃撃されたトラックのタイヤが大破し、むき出しになったホイールの金属部分が直接アスファルトと擦れあっているらしい。

不意にトラックが減速した。

狩野のＣＣＤの視点は、進兄さんの目の前で停止した。

「……止まった」

ホッと安堵した進兄さんの表情が画面いっぱいに映った。

「今、遠隔操作電波も遮断したよ……」

究さんの声が聞こえた。

「間に合った……」

と俺も声をこぼした。だが、

「まだ爆弾の起爆装置は解除されていない！　離れて！」

令子は俺の携帯に叫んだ。

運転席の視点はすぐに外へ飛び降り、進兄さんと共に全速力でトラックから離れる。

その数秒後だった。

大きな爆発音が響いた。

その瞬間、狩野の視点も大きく前へと吹っ飛ばされ、そこでＣＣＤの通信が切れた。

「狩野！」

俺は叫んだ。

その後、俺の携帯に流れていた通信も途絶え、数秒間真っ黒な闇がその画面を支配した。

数分後、復旧した映像は、警察の他の隊員からのものだった。

その視界には爆煙が麗泉高校の周囲を黒く包み込む様子が映っていた。

お願いだ。死なないでくれ。

仮面ライダーとして戦っている間、どれほどこの祈りをしたことだろう。

ロイミュードとの戦いが終わってから、ほとんどしたことのないこの祈りをここ一週間程度で一生分使い切った気がする。

——と、黒煙の中から二つの影が現れた。

進兄さんと狩野だ。

二人が無事生還したのだ。

携帯からも歓声と拍手に包まれる捜査本部の様子が伝わってきた。

が、その雰囲気に酔っている暇はないとばかりに令子が口を開く。

「西城究、遠隔操作電波はどこから?」

「人使い荒いなぁ。今、特定してるから、ちょっと待って……。え〜っと、八王子市か。これじゃ範囲が広すぎる。捜査員が発見する前に西堀光也に逃げられちゃう。なんとか範囲を……」

と言う究さんの声を聞くと、令子が俺を見た。

「昔、夏休みは家族三人、揃って別荘に出掛けたの」

「……え?」

それは突然始まった全く不可解な告白だった。

「その時だけは父は妙に機嫌がよくて、私はそこに行くのが楽しみで仕方なかった。中学一年の夏までは」

「ん……。あ、ああ」

俺は、突然の展開に全く理解が追いつかず、令子に翻弄されていた。

そう。俺はまた翻弄されていた。

「もう一度、あの場所に行きたい。もしあなたがこの一部始終を聞いてるなら、ここから出して！」

令子がそこまで言うと、ウィーンという妙な電子音と共に令子の後ろのドアのロックが解除された。

「何？　……まさか！」

それからの令子の動きは一瞬の出来事だった。

令子は素早く立ち上がって向き直ると、後ろに控えていた看守の股間を蹴り上げた。

看守は不意の攻撃にうずくまる。

令子は今まで電子制御によって閉ざされていたドアをいとも簡単に開けると、もう一度俺の方を振り向いて言った。

「ありがとう……」

そのままその扉の向こうに姿を消した。

令子と俺の間を仕切る透明の壁。

心の距離を縮めた俺たちの間のその壁は、数分前まであたかも存在しないほどに感じられていた。

だが、それは錯覚だった。

その壁は今確かに俺の前に存在し、俺が令子を追跡することを阻んでいた。

【第5章】

マッハはどうやって音速を超えたのか

俺はバイクを八王子方面に走らせていた。

「昔、夏休みは家族三人、揃って別荘に出掛けたの。その時だけは父は妙に機嫌がよくて、私はそこに行くのが楽しみで仕方なかった」

西堀令子がどうしてあの話を俺にしたのか、最初はよくわからなかった。

だが、彼女は暗に何かメッセージを俺に残したのだと思った。

究さんに西堀光也が所有したことのある別荘を調べてもらった。

それは確かにあった。

八王子に。

ただし何年も前から空き家となり、今は廃屋同然になっているはずだという。


問題は、なぜ令子が俺にメッセージを残したのか、だ。

令子は俺に何を言いたいのか？

単なる西堀光也の居場所？

それとも他の何かが――？

渡米し、ロイミュードと遭遇、そしてハーレー博士に出会ったのと同じように、俺は運命の糸に引き寄せられるような感覚を抱いた。

俺が今バイクを走らせているのは運命なのだ。

この先の真実を俺は全て目撃する必要がある。

そして、令子を救う必要が。


時は満ちた。

私の真の姿を現し、いわば本当の意味で甦る時がきたのだ。

私の時間稼ぎは成功した。

多賀始、坂木光一、根岸逸郎、仁良光秀、そして西堀令子さえも。

全ての犯罪者のロイミュードをなぞる事件は、警察攪乱《かくらん》のために過ぎない。

奴らが今まで握った手がかりは、私が意図的に残したものだ。

犯罪が成功しようとしまいと、私が警察の捜査を操っていることには違いないのだ。

この先に、私の目的の達成が待っている。

待っていろ、仮面ライダーよ。

お前たちを必ず駆逐し、そして全ての人間に恐怖の世界を見せてやる。

お遊びはここまでだ。

ここからが、本当の復讐だ。


見るからに朽ち果てた建物の前に俺がバイクを停めた時には、周囲はすっかり真っ暗だった。

さすがに冬の夜の山中の冷え込みは激しく、手がかじかんでいる。

白い息を吐きながら、俺はかつて西堀の別荘であったその建物に踏み込んだ。

入り口の鍵は掛かっていない。

ホールから奥へと歩き出し、長い廊下を無言で足音を忍ばせながら進むと、やがてあるドアの前に止まる。

中から微かにブーンという機械音が聞こえている。

俺が、扉に手をかけた時――、

「待っていたよ、令子」

室内から男の声が響いた。

俺はドアをほんの少しだけ開けて、隙間から中をのぞくことにした。

室内は薄暗いがそこそこの広さがあった。

複数のモニターが並び、三脚に備えられたカメラ、人質を縛っていた椅子もある。

それは外見とは真逆の様相だった。

中は最新型のネットワーク設備が整った要塞というわけだ。

その傍らには一人の仮面の男、ミスターXが、そしてその正面には令子が立っていた。

「懐かしいだろ？　もう一度、この場所に行きたいなんてかわいい娘が懇願するものだから、父親らしく一肌脱いでやったんだ」

男がゆっくり仮面を取ると、それは紛れもなく西堀光也の顔だった。

西堀は優しく微笑んだ。

「やっぱり、全部見てたのね」

令子もまた笑みを浮かべ、続けた。

「ええ、そうね。家では仕事ばかりだったあなたが、ここに来た時だけは一緒に遊んでくれたわ」

それは刑務所から消える直前、令子が俺に告げた言葉と同じだった。

彼女がここへ来たのは、父とのけじめを自分の手でつけたかったからではないか。

この場所を俺が見つけられるよう、ヒントを残して。

それは彼女の迷いか、それとも――。


「よい仕事をするには適度の休息が必要だからね」

俺の思考を西堀の声が遮る。

「そう、心休める時間が」

「休息？　それだけじゃない。あなたにはここに来る別の目的があった。実験よ」

「……実験？」

俺は思わず呟いていた。

「夏休み、私たち家族がここに来ると、決まって近くで事件が起きた。放火や窃盗、傷害事件、そして、誘拐事件も」

「何のことかな？」

「私が中学一年だった時の夏休み、近所の別荘で突然、四歳の少女がいなくなった。事故と誘拐の両面で警察が捜査したけど行方不明から三日が過ぎても少女は発見できなかった」

「ああ、そんなことあったねぇ」

「両親や捜査関係者の不安と焦りがピークに差し掛かった時、少女が発見された。別荘地の外れの使われていない山小屋に監禁されて。発見されたのは、この場所の近く。そして、発見したのは私……」


俺は目を見張った。

これは令子の最後の勝負なのかもしれない、と思った。

だとすれば、彼女は命を懸けて対決しようとしている。

そして、乗り越えようとしている。

父親を。

俺と同じように。

そして、俺が告げたように。


「私は気づいた。少女の失踪が過去に起きた、ある誘拐事件を模倣していることに。だからその事件の記録を手がかりに少女の居場所を特定した」

「あの時は驚いたよ。令子。お前は私が全く予想もしなかった結果を出したのだから」

「そうね。過去の事件では失踪した少女は遺体で発見された。でも私は少女を助け、本来の目的を邪魔してしまった。過去の犯罪を完全にコピーしようとした、父の実験を」

「私は嬉しかったよ。娘には私から受け継いだ素晴らしい才能がある。きっといい犯罪心理学者になれると」

「嘘。その時から急にあなたは私に冷淡になり、避けるようになった。あなたは喜ばなかった。むしろ私を嫌ったのよ！」

令子は俺が聞いているのを知っている。

だからあえて全てを今、告白しようとしている。

心の奥底にずっと隠しておいた、その想いを。

西堀光也に向けられた言葉は、同時に俺に向けられた言葉でもあるのだ。

俺には、二人の会話の一部始終を聞く義務がある。

「まだ子供だった私が……いつかあなたを超えてしまうと思って!!」

そこまで一気にまくしたてた令子を見つめ西堀が微笑む。

今度は冷酷に表情を変えて、西堀光也は話を始めた。

「ああ、そうだ。私は恐れたのさ。お前の才能を。だからお前を遠ざけた。犯罪心理の勉強をするのも禁じた。妻は私の態度をなじり、やがて家を出て行った。すると令子、お前も私のことを憎むようになった。そしてお前も、私の前から去っていった」

「ずっと見ていたわ。離れた場所から、あなたが引き起こす模倣犯罪を。そしてその事件をあなたはテレビで嬉々として分析した。まるで自分の犯罪を褒め称えるように」

「呆れてたんだろ？　見下してたんだろ？　私が世間の人間たちを見下してたように」

令子は答えなかった。

それでも西堀は冷淡さを変えずに続けた。

「そうさ、私は卑怯《ひきょう》で嫉妬深く器の小さな男だった。でもお前も結局はそんな私の呪縛からは逃れられなかった。たとえ優れた才能があっても結局それを活かしきれず、逮捕された。今は同じ惨めな敗北者だ」

「確かに敗北者よ。私はあなたみたいな人間の娘であることに耐えられなかった。醜い怪物の娘であることが。何度も自分で命を絶とうとしたこともある。でもそれすら失敗し、いつしかこう望むようになった。あなたが為しえなかった犯罪をやり遂げ、死にたいと」

令子の言葉に、俺は令子が引き起こしたシーカーロイミュードの事件のことを鮮烈に思い出していた。

あの時の令子の狂気と憎しみを。

あの時、令子は俺に自分を殺させようとしていた。

究極の犯罪を完成させるために。

……いや、彼女は死にたいという痛切な願いを託したのだ。

怪物の子供という同じ宿命を背負った、俺に。

「令子。なぜまた私の邪魔をした？　そんなに私が嫌いか⁉　そんなに憎いのか⁉」

「違う‼」

叫んだのは令子ではなく、俺だった。

俺は、ただ見ているだけではいられなくなった。

ゆっくり室内に足を踏み入れ、令子を庇うように西堀と対峙した。

「確かに彼女はアンタを憎んだ。でもそれ以上に……」

俺の脳裏に、逮捕される寸前の令子の言葉が甦る。

涙ながらに呟いた、お父さん、という言葉。

そこに感じたのは憎しみではなく――、

「アンタを、愛していたんだ！」

俺の叫びは令子への憐《あわ》れみ、そして自分自身への問いかけだったのかもしれない。

「アンタに愛して欲しかったんだ……」

だが次の瞬間、西堀光也は笑った。

俺を、令子をさげすむように笑い続け、言い放った。

「愛？　家族は私にとって支配するためのものでしかなかった。愛など、存在しない」

それは偶然か、それとも何かの手段で知ったのか、かつて蛮野天十郎が俺に浴びせかけた言葉と同じだった。

俺の中に強烈な苦い記憶と共に怒りが湧き上がる。

クズだ。

こいつ、本当に人間のクズ野郎だ。

もはや同情の余地は一ミリも存在しない。

もう一度冷たい牢獄にぶち込むだけだ。

その前に俺の拳で殴ってやる。

最低最悪の裏切り者の父を、ずっと無言で見つめている、令子の代わりに。

俺が西堀に近づこうとした時、それを令子が制し、言った。

「教えて、お父さん。今回の事件は、本当にあなたが計画したものなの？」

「何を今更。決まっているだろ、全て私の考え出した犯罪だ。ずっと獄中で練りに練った私の芸術の総決算だ！」

「……そうは思えないわ」

きっぱり否定する娘を西堀が睨み付けた。

「何を根拠に？」

「私にはわかる。いえ、私にだからわかる。今回の犯罪は確かにあなたの研究パターンにのっとっている。でも本質的な部分が違うわ」

「言い掛かりはよせ！　これは私の犯罪だ!!」

「なら答えて。この犯罪のテーマは何？　最終的な目的は？」

「進化だよ」

西堀はヘルメット状の装置を手に取り、頭に被った。

「それは……！」

「アニマシステム。かつてある科学者が開発した、ネットワークに精神をダイブさせる装置だ」

「アニマシステム⁉」

俺にはその名前に聞き覚えがあった。

このシステムをかつては蛮野も利用しようとした。

それほど、恐ろしいシステムだという事実だけが俺の頭をよぎった。

西堀はその装置を起動させた。

「私はネットワーク世界と一体化することであらゆるモノを手にした。ロイミュードに関する全ての知識と情報を。つまり今の私は限りなくロイミュードに近い存在となったのだ。そしてネットワークには今回の事件によって恐怖した人間たちの負の感情が大量に蓄積された。それは私をよりロイミュードへと近づける餌となった」

「なぜ、そんなことを？　そんなことに何の意味がある？」

俺の問いに西堀は恍惚《こうこつ》の笑みを浮かべ、答えた。

「君にだってわかるだろ。別のものに変身し、人間を超える快感が。かつてロイミュード005は私をコピーし、人間の姿と感情を獲得した。今度は私の番だ。人間を、いやロイミュードさえも超越した存在——、神になるのだ」


同じだ。

今目の前にいるのは、あの男と同じ妄想に取《と》り憑《つ》かれた人間だ。

俺の人生に大きな十字架を背負わせた狂気の科学者——蛮野天十郎と。

「私はネットワーク世界から人間社会を支配する。私を信奉するものたちを操り、全ての人間が私の偉大な思想にひれ伏す世界に創り替えてみせる。フフ、フハハハハハハハ！」

「そんなこと、させてたまるかよ！」

俺は西堀に向かって駆け出した。

「アハハ！　また会おう、我が娘よ。アハハハハハ！」

アニマシステムのパワーがマックスとなり、西堀光也の瞳が閉じられた。

ネットワーク世界にその精神はダイブしたのか？

西堀の体はその場に崩れ落ちようとしていた。

俺が西堀に触れようとしたその瞬間――。

バチ！　と、雷のような光が走り、突如システムがショートした。

俺は驚き、後ろに倒れ込んだ。

令子も目を丸くしている。

バチバチバチ！　と、激しい閃光《せんこう》の中、西堀の体は激しく痙攣していた。

「――お父さん!!」

令子は倒れた西堀に駆け寄った。

「しっかりして、お父さん！　目を覚まして!!」

やがて、装置自体に電気が走り基盤から炎が噴き出した。

小さな爆発は次々と隣の機器を巻き込み、やがてそこにある機械類は全て炎に包まれた。

システムが損傷したことは、この状況を見るに間違いないだろう。

恐らくたとえ西堀の精神がデータ化されていたとしてもこの炎の中で焼き尽くされたに違いない。

そして、現場には抜け殻となった西堀光也の体だけが、その残骸と呼ぶに相応しい体が残された。

こうして――事件はあっけなく終結した。

十二月三十一日、大晦日《おおみそか》。

「剛君。今回はご苦労さまでした。あなたに捜査に入ってもらって正解でした」

剣道場の入り口の『年内いっぱい特殊状況下事件捜査課の部屋として使用します』の紙を剝がしながら、本願寺さんが俺を迎えてくれた。

俺は本願寺さんの事件解決の予言が的中したことが少し怖くなり、「そんなことないです」と謙遜しながら、目を丸くして本願寺さんを見つめた。

あの後、究さんから場所を聞いた警察があの廃屋に踏み込んだ。

その場所で警察が見たものは、たくさんのモニターに囲まれ頭をケーブルでつながれて息絶えている西堀光也の姿とその亡骸を抱きかかえて泣きじゃくる娘の姿だった。

合同捜査本部は解散になり、捜査一課と特状課の捜査員たちはお互いを称えて散り散りとなった。

疲労感に満ちた捜査官たちはそれでも、とにかく年が明ける前に事件が解決した安心感に酔いしれていた。

それにしても、あまりにも意外であっけない幕切れだった。

進兄さんや特状課のメンバーは、剣道場を改造したこの特状課の部屋に戻ってきてからもデスクから離れず、それぞれが考え事をしているように空中を見つめていた。

そんなメンバーたちに気を遣い、本願寺さんが声をかけた。

「まぁ、とりあえず一段落ですし、今夜あたりパーッとやりますか。大晦日だけど」


その後の警察からの公式の発表で、西堀光也の死によって事件は幕引きされたことが伝えられた。

事件は脱獄した五人の凶悪犯の他にも複数の人間が関与した。

彼らは究さんの分析通り、オンラインゲーム『ラビリンス・オブ・アニマ　魂の迷宮』の上級者たちであり、その人数は百八人。

信用金庫襲撃で死亡した五人。

そして誘拐されてネット動画で予告文を代読させられた二人の女性、三神沙耶、天野千草も実はそのゲームの上級者であることが判明した。

しかも二人は西堀光也死亡直後、近くの林を彷徨《さまよ》っているのを捜査員が発見し、保護された。

二人は西堀に殺されてはいなかったのである。

彼女たちもまた共犯者であり、人質の役を演じていたのだ。

ネットのリアルタイム配信の公開殺人も空砲による演技だった。

他にも摘発された共犯者たちの中には、スタジアム崩落事件に関わった設計技師や、爆弾製造の知識を持った大学院生、麗泉高校襲撃に武器を提供した改造拳銃マニアや、驚くべきことに自衛隊関係者、警察関係者、刑務官、さらにマスコミの人間もいた。

彼らは全員、例のゲームの最終ステージをクリアした時、何かの意思を感じたという。いわゆる天啓、神の声を聞き、自分たちに与えられた使命を理解し、それを実行した。

全員が口を揃えてそう証言した。

それも究さんの分析を裏付けた。

西堀光也がなんらかの方法で彼らを洗脳し、自分の計画の共犯者にした。

それが捜査本部の出した最終結論だった。

破壊され修復不可能となった西堀のパソコンからは、以前新京大学で故・小田桐教授が研究を進めていたアニマシステムのデータの痕跡が認められた。

データには小田桐教授の署名も見つかったらしい。

俺が知る限り、アニマシステムはその存在自体をロイミュードが恐れ、データを奪ったとされる公安の刑事をブレンが殺害しデータを破壊して消し去ったはずだ。

それが西堀のもとにあった不可解さは拭いきれなかった。

先ほどから特状課内に広がる消化不良感は、このことが皆の胸につっかえているからだろう。

しかし、そのデータを西堀が手に入れていたとしても、たとえロイミュードが残していたとしても、そのどちらももはやこの世には存在しないのだ。

いずれにせよ主犯の西堀光也の死をもって、この未曾有の連続模倣事件は完全に収束した。


大晦日ということもあり、とにかく全員この事件に関しては今日考えるのはやめた。

俺も特状課のメンバーたちに軽く挨拶をしてから剣道場を出ると、捜査一課の方へ向かうことに決めた。

捜査一課には取調室があるからだ。

そこには、昨日の現場から俺と一緒に警察に連れ戻された令子がいるはずだ。

俺は担当の刑事に、令子と少しだけ面会の時間をもらえないかお願いした。

今回の事件の解決に俺と令子の協力が大きく寄与したこともあって、刑事も快諾してくれた。

俺が取調室に入った時には、令子はすでに椅子に座っていた。

だが一夜明けた今でも、令子の表情は固まったままだった。

さらに、令子は少し震えていた。

確かに部屋には真冬の寒気が窓を伝って入ってきているように肌寒かった。

「どうよ？　気分は？」

令子がどういう状態かなんて、わかりきっていた。

でも、俺にしか彼女にこの言葉をかけてやれる人間はいない気がした。

「……まだ整理ができない」

令子は寒そうに手と手を擦り合わせながら、答えた。

「だよな。こんな形で事件が終わるなんて」

すると、令子は俺の想像を超える言葉を口にした。

「まだ事件は終わっていない。いえ、これから始まるのかもしれない」

甘かった。

やはりそうだ。

今まで感じていた違和感。

特状課が感じている消化不良。

それは思い過ごしなんかじゃなかった。

「これから始まる？　それ、どういう意味？」

「あの別荘で、父と向き合って、ずっと私の中にあったある疑念が……確信に変わったの」

「その、疑念って……」

「この事件の主犯は父ではなく、他にいる。全てを裏で操っている何者かが」

令子はさらに激しく手と手を擦った。

「………」

「父は、利用された。そいつに。そして……」

黙り込む令子を見て、俺にはわかった。

彼女の疑念。

父親はそいつに〝殺された〟のではないか？

「俺も……いや、進兄さんたちも、その可能性は考えてた」

俺はまた、令子に全てを話した。

捜査本部が解散した後、特状課で出た疑念のことを。

ネットワークで見ず知らずの人間たちを組織的に統率したゲームサイトの管理人、その人物像が西堀光也の人物像と一致しない。

故に令子に嫌疑が掛かっていたことも。

西堀親子は二人とも模倣犯罪者ではあるが、人々を洗脳できるほどのゲームを構築し、それをネットワーク上でコントロールするような技術を持ち合わせているとは思えない。

あまりにも人間離れした、壮大な手口。

人間を離れている――。もしかしたら……。

「私にも、今回の事件は起こせない。いくら天才的な犯罪マニアにしても、計画があまりに大きく、綿密、完璧すぎる。まるで……」

「まるで?」

「人の血が通ってないみたいな」

図らずも、俺の考えとシンクロした令子のその言葉に、俺は思わず背筋が凍るのを感じた。

強烈な戦慄を――。

そして、その感覚を打ち消すように、令子に聞いた。

「もしその予測が正しいとして、事件がまだ終わってないとして……これから、何が起きると思う?」

「今は……わからない。でもこの事件にはもっと深い闇が存在する気がするの。どす黒くて、吐き気がするような、醜悪な感情が」

「その感情というのは……」

「復讐」

令子はきっぱりと言い切ると、ようやく手を擦り合わせるのをやめた。

「人が何かを行う時、最も強い行動を促す負の感情。父はその感情に突き動かされ、そして、それを誰かに利用された。いいえ、父以上にその感情に囚われてる、何者かがいるような気がする」

さらに俺の背筋に戦慄が走った。

さっきまで令子を震わせていた悪寒が、俺にのりうつるような感覚を覚えた。

令子の予感が正しいなら、俺にはそれに心当たりがある。

西堀が抱えていたであろう復讐の感情は、彼を逮捕した刑事であり仮面ライダーである進兄さんに対してのものであったはずだ。

この復讐心を煽り、膨張させる化け物を……、人間の負の感情とシンクロし横暴を繰り返した怪物の正体を、俺はよく知っているんじゃないか……。

だとしたら、その復讐の矛先は仮面ライダーである進兄さんや、さらに俺にとって最も大切な人間に向かうのではないか？

「だとしたら……まず、そいつの正体を突き止めないとな」

「……ええ。私も調べたい。もし何か協力できることがあったらなんでも言って。もう逃げたりしないから……」

令子もわかっているようだ。

二人とも口にさえしないが、これから戦わなければならない者がどんな奴なのかということを。

真顔で言う令子に俺は落ち着きを与えるため微笑み、言った。

「わかった。じゃあ今日はこれで」

立ち上がった俺の背中に令子が思いもしなかった言葉をかけた。

「次は……お姉さんのこと、聞かせて」

「……え？」

唐突に言われて、そう返すしかなかった俺の顔はさぞ間抜けだっただろう。

「ダメ……かな」

「……いや、別に」

「よかった。じゃあ、また明日」

「ああ、また明日。あの……、あったかくしろよ」


「剛！　大丈夫だったの？　大変だったでしょう」

俺がいの一番に無事を確かめたかった人は、明るい声を携帯電話から響かせてくれた。

俺はとりあえずの安心を得て、ホッとため息をついた。

桜田門の交差点は通行人の姿もまばらで、車の往来も青信号に合わせて数秒続くだけだった。

俺は寒々とした交差点のアスファルトを眺めながら、冷たい手で携帯を握りしめていた。

「やあ、姉ちゃん。具合は……どう？」

「うん、平気。聞いたわ、今日の夜ちょっとしたオツカレ会やるって」

姉ちゃんの声と、その後ろで騒いでいる英志の声を聞くと、手の冷たさを忘れた。

「ああ、忘年会と、進兄さんの誕生日と結婚パーティーのやり直し。いったいいくつ合わせて祝うんだよ、って感じ」

「剛も来てくれるんでしょ？」

「ああ。もちろん」

「で、何か用？」

「弟だぜ。特別な用がなきゃ電話しちゃいけないかよ？」

「そういうわけじゃないけど」

俺は誤魔化す言葉を用意するのを忘れていた。

無事か？　恐ろしい思いをしていないか？

本当は単刀直入にそう言いたかった。

でも、姉ちゃんの幸せそうな声を聞いた後では、そんな不穏な言葉は口にできない。

「最近……。あの後、身の回りで何か変わったことない？」

「変わったこと？」

聞くべきじゃなかった。

俺はそう後悔した。

だが令子のあの言葉を聞いた後では、俺にはどうしても何気ない会話だけで終わらせることができなかった。

——復讐。

そのどす黒い感情が、なぜか姉ちゃんに向けられているような気がしてならなかった。

「別に……ないよ」

「なら、いいんだ。姉ちゃん、迎えにいこうか？」

「大丈夫、進ノ介が来てくれるから」

進ノ介。

姉ちゃんがそう呼ぶのを初めて聞いた俺は、その男の名前に安心し、これで電話を切れると思った。

「そう。じゃ、後で」

「うん、じゃあ……」
姉ちゃんとの会話を終えると自分自身の手の冷たさを思い出した。
同時に、さっきの取調室で震えていた令子の姿も。
俺はふと思い立ち、バイクのエンジンをかけた。
ヘルメットを被ると、警視庁前に立つ警察官にしっかりと敬礼をして、発車した。
大晦日の銀座は殺風景なこの交差点とは違って賑わっていることだろう。
一人だけで銀座に出掛けようとするなんて、考え付くことさえ初めてだ。
ただ俺は温めてやりたかっただけなんだ。
父を失ったばかりの、令子の冷たそうな手を。

親の背中を押してスクランブル交差点を渡る子供。
寒そうに肩を上下させる彼女の首元にマフラーをかけてやる彼氏。
大きな声を出してしめ飾りを売る法被《はっぴ》を着た中年。
スピードを落とさず急カーブをドリフトし、通行人に見せつける若者。
街頭に広がる笑顔、笑顔、笑顔……。

数日前とは違い、大晦日の幸せな街の景色が私をイラつかせることはない。

なぜなら、この人間たちの笑顔がすぐに苦悶の表情に変わることがわかっているからだ。

ネットワークの世界から解放された今、ようやく私は行動を起こすことができる。

まずは儀式の最後の生贄のところに向かうとしよう。

西堀令子のところに。


さあ、終わりの始まりだ。


こんなに寒い風が吹き付けているのに、俺は汗だくになっていた。

銀座のショップの女性店員が俺に何度も「贈り物ですか?」を強調して聞いてくるもんだから、必要以上に『異性に対してプレゼントしようとしている』という自意識を突きつけられたのだ。

その女性店員にああでもない、こうでもないと言われながら、やっとの思いで手袋とマフラーを買った。

大層な包み紙に入れられたプレゼントを、なぜかビクビクしながらバイクに積み込んだところで、俺の携帯が振動した。

ふと、俺は汗びっしょりになっている自分の皮膚感覚を取り戻し、急激な寒さを感じた。

それは、空気のせいだけじゃない。

嫌な予感だ。

ポケットから携帯を取り出し発信元を見ると狩野からだ。

通話をタップすると、俺の予感は的中する。

「拘置中の西堀令子が……毒を飲んで自殺を図った」

俺は狩野の言葉が終わらないうちにバイクのエンジンをかけていた。

人通りの多い通りを、一気に大胆に突っ切ると大きな音を立ててＵターンをした。

鳴りまくるクラクション。

周囲の人たちが声を上げている。

かまってられない。

どうして自殺なんか……。

いや、そんなわけねぇよな。

約束したじゃないか。

また会って話す、って。

「まだ事件は終わっていない。いえ、これから始まるのかもしれない」

令子の言葉を俺は頭の中で反芻していた。

「死ぬなよ……ぜってー死ぬんじゃねーぞ!!」

俺は、令子が担ぎ込まれたという警察病院に向けてバイクをとばした。


追田のおっちゃんが刺されてここに駆けつけた時には、まだ廊下の様子を俺に感知する余裕があったらしい。

だが今の俺には、移動中の記憶がほとんどない。

感覚としてはあの銀座のショップから集中治療室の前にワープした感じだ。

集中治療室の中には意識不明のままベッドに横たわる令子の姿があった。

それをガラス越しに見つめる狩野の肩を叩いた時、俺の頬には涙が伝っていたかもしれない。

「発見が早く、胃洗浄などの緊急処置が行われたらしいが、意識が戻るかは五分五分らしい」

「そうか……」

無言で令子を見つめる俺の脳裏には、ここ数日の接見室での彼女との記憶が去来していた。

令子の姿を見ても、俺にはまだ信じることができなかった。

令子は変わろうとしていた。

それを何者かに邪魔されたんだ。

そうに違いない。

俺がその姿から目を逸らし廊下に向き直った時、本願寺さん、早瀬さん、そして進兄さんがちょうど階段を駆け上がってきた。

「剛君！」

本願寺さんもいつになく慌てた様子だ。

「来てくれたんですね」

「西堀令子。彼女の協力がなければ今回の事件は解決しませんでした。いや、もっと多くの被害を出していたでしょう」

「でも、どうして自殺なんか」

「自殺じゃない」

早瀬さんの言葉に俺は反射的に呟いた。

「また明日。そう言って別れたんだ。絶対に自殺なんかするはずがない」

「だとすると、誰かが彼女の命を――」

「その可能性は低い」

狩野が進兄さんの言葉を遮り、言った。

狩野によると、令子が倒れていた拘置部屋を警察が調べた結果、誰かが侵入した形跡はなく、監視カメラにも怪しい人物は一切映っていなかった。

そもそも令子は警察の建物の中にいたのだ。

不審者が入る隙間もないだろう。

薬の入手経路は不明だが、脱走した時に手に入れ、どこかに隠していたのではというのが捜査一課の統一見解だという。

「彼女は父親が目の前で死ぬのを目撃した。精神的なショックは大きかったはずだ。しかも元々、自殺願望があった」

狩野が説明を続けた。

確かに状況は揃っている。

いや、揃いすぎている。

だが、俺は知っている。

それは、令子と最後に交わした会話が教えてくれていた。

令子に毒薬を飲ませた奴こそ、今回の事件の主犯に違いないと。

「やっぱり、今夜のパーティーは中止しよう」

不意に進兄さんが言った。

「みんなには申し訳ないけど、こんな状況で――」

「やんなよ」

俺は進兄さんの言葉を制し、微笑んだ。

「やってくれ、進兄さん。絶対に中止なんてしないでくれ」

「でも、剛……」

「きっと、彼女もそう望むはずだから」

横たわっている令子の方を見ると一同に頭を深く下げ、俺はその場を立ち去った。


俺はバイクのところまで戻り、一人で気を落ち着かせようとした。

だが、ようやく変わり始めていた令子の姿と今見たばかりの昏睡した令子の姿が代わる代わる頭の中を回って、どうにも冷静になれなかった。

「……ふざけやがって」

バイクのシートに拳を思い切り叩きつけた。

その刹那、俺の携帯にメールが着信した。

送信者は——ミスターX！

「まさか……！」

憤りの中メールを開くと、そこにはおぞましい文面が映っていた。

『最後のクイズは君だけに。怪物の子供。

宿命。怒り。憎しみ。究極の模倣犯罪の完成。復讐の完了は今夜』

怒りのままに俺は携帯を地面に投げつけそうになった。

しかし、地面に落ちていたもののせいでそれを踏みとどまった。

それはチェイスの免許証だった。

どうやら携帯を出した時に、一緒に落ちてしまったらしい。

チェイスの笑った写真を見つめ、俺は静かに語りかけた。

「……笑ってないで教えてくれよ。いったい、誰が彼女をあんな目に――」

俺は免許証を拾い上げ、チェイスと向き合う格好になってそう心の中で呟いた。

「お前も誰かのために命を懸ける仮面ライダーだとわかった。今こそ自分の信じたことを貫け、剛」

チェイスに以前言われた言葉が、もう一度俺の中で響いた気がした。


俺が信じること。

それは、俺が強いということ。

令子を助けるということ。

そして、俺がこの悪魔を倒すということ。

そうだ。

ぜってー見つけ出してやる。

俺は令子のために買ったものをバイクから取り出した。

そしてもう一度、令子の病室の方へ走り始めた。


俺が集中治療室の中に入ろうとすると、数人の看護師が俺を引き留めた。

俺は構わず勢いでその人たちを振り切り、その中に進んで令子を見た。

酸素吸入器を付けられたまま、昏睡状態の令子に俺は語りかけた。

「奴からメールが来た。やっぱり君の推理通り、事件の主犯は君の父親じゃなかった。君も、やっぱり自殺なんかじゃなかった。……約束したよな。次は俺の姉ちゃんの話をするって」

俺は彼女が破るはずだった包装紙を開き、マフラーを取り出した。

彼女の首もとにあてがうと、彩りのなかったモノクロの治療室が少し華やかになったように思えた。

でも、令子は眠ったままだった。

それは思った通り彼女にはお似合いだったが、こんな姿でこのマフラーに触れる彼女のことが一層不憫《ふびん》に感じられた。

「君は俺のこと、色々調べてたから、きっと不思議に思っただろうな。俺が蛮野のことをずっと姉ちゃんに黙ってたこと。なんでそんなに一人で抱え込んでたのかって……。それはさ、知らせたら、きっと姉ちゃんは俺のことを心配して、逆に俺を守ろうとするに違いないから」

俺は、令子が聞いてくれているのかを確かめるために彼女の顔を覗《のぞ》き込《こ》んだ。

でも、彼女の無反応な表情が俺を迎えただけだった。

「昔からそうだったんだ。まだガキだった頃、俺がでかい犬に追い回された時、姉ちゃんは棒切れ一本で犬に立ち向かって、追い払った。自分だって犬に吠えられるだけでビビッてたのに。そんなことが何度もあって、俺はいっつも、守られてばっかだった」

脳裏に、俺を庇って死んだイーサン、そしてチェイスのことが思い起こされる。

「守られて、誰かを失うのは、もうまっぴらだ。俺はもう強くなったんだ……」

俺は袋から手袋を取り出した。

「これ買ったんだ。寒そうだったからさ。使ってくれよ……」

まだ彼女に息はある。

どうか、この手袋が彼女の手の温もりを取り戻してくれますように。

俺の思いは祈りに近かった。

だが、俺が手袋をはめようとした令子の手が、その手袋を受け入れる様子はなかった。

その手は、急に俺にこう語りかけた。

「待って。その前によく見て。よく目を開いて見て」


これは……⁉

令子の左手は右手を固く握りしめていた。

右手の人差し指と中指を持ち上げるようにして必死で、ちょうどピースサインを作るかのように……。

ピースサイン！

瞬間、俺は感じ取った。

令子からの必死のメッセージを。

犯人に毒を飲まされる中で、咄嗟に作ったピースサイン。

それを誰かに伝えるために、このサインだけは意識がなくなった状態でもしっかりと維持されている。

そう直感した。

「このサインはピースじゃない。よく見てくれ。掌が俺の方を向いているだろ。これは相手を侮辱するサインなんだ」

接見室で俺が令子に写真のことを説明した時の言葉が思い出された。

そうか、確かにこの向きの場合はピースサインじゃない。

相手を侮辱している——？

いや、違う。

「物事には必ず複数の側面がある。表に見えるものだけを見ていたら、騙されるわ」

不意に、令子と必死に爆弾を積んだトラックを追っていた時の彼女の言葉が俺の脳裏に甦った。

複数の側面。

ピースサインでも、相手を侮辱するサインでもない。

Vサイン、ビクトリー……、勝利——。

いや、今の状況、勝っているのは俺たちの方じゃない。

どういうことだ？

このサインの意味は——。

西堀光也の死亡は意図的だった。

西堀の今回の事件の動機は復讐。

それは令子が分析した結果だった。

そして、西堀の復讐心を駆り立てる者。

誰よりも、西堀の復讐心を知る存在。


「そうか、そういうことか！」

俺がそう叫んだ時、医師と看護師が束になって俺を集中治療室から外へ出した。

進兄さんたちがなんとか看護師たちを説得してくれていたようだが、限界が来たようだ。

俺は横たわる令子に叫んだ。

「死ぬな、令子！　まだ話したいこと、いっぱいあるんだ！」

令子の手の上には、ただ新しい手袋がちょこんとのせられていた。

それでも、その手には血液の赤みが戻っているように思えた。

ありがとう、令子。


「じゃあ、後で。絶対やれよ、パーティー」

俺は進兄さんに告げて、その場を飛び出した。

もう不思議と怒りは消えていた。

俺はもう後悔しない。
そう決めたんだ。
俺が重ねてきたあらゆる失敗。
イーサンの死。
チェイスの死。
一度は進兄さんの心臓も止まり、そして父親・蛮野が復活した。
そして今、令子も倒れた。
それを含めて、全部含めて詩島剛だ。
俺がこの運命を変えてやる。
人は変われるんだ。
下を向いている時間はない。
この最悪の敵を、俺は倒すと決めた。
必ず。

大晦日の夕方の恵明大学のキャンパスには人はほとんどいなかった。

ただ、その中の電子物理学研究所だけには煌々と明かりが灯っていて、機械音が響いていた。

　俺はシグナルチェイサーを握りしめて、その研究所の中に飛び込んだ。

「りんなさん。貸して欲しいものがある」

「剛君！」

　研究所に入るやいなや、そんな突飛な言葉を発した俺に、りんなさんは全部わかっているような顔をして答えてくれた。

「仮面ライダーが必要な時が来た、ってことかな？」

　りんなさんの瞳はシグナルチェイサーに焦点を合わせているようだった。

「マッハドライバーを出してくれ、りんなさん」

　俺の単刀直入すぎる要求に、りんなさんは落ち着けとばかりに言った。

「知ってるでしょ。ゴーストの騒動の時に使ったドライバーは結局壊れた。クリムがいない、コア・ドライビアが使えない状況ではネクストシステムの機能も完全じゃないの。だから、ハーレー博士と私は、あれ以来、ネクストシステム関係の開発はストップしてるの」

「俺、ハーレー博士から前に聞いたことがあるんだ。俺が使ってたドライバーより前にもう一つ、試作品があったって。それを記念に日本に送ったって。それって、りんなさんのところだよね」

りんなさんは呆れたという表情でため息をつきながら答えた。

「……だとしたら?」

「それを俺に貸してくれ。今夜だけ。使うのは一回きりだ。約束する」

「あ～あ、結局こうなるのね。なんとなくわかってたけど……。でも、見つかったの?〝本当に善良な心で、仮面ライダーに変身する方法〟?」

「ぶっちゃけ、まだだ……。まだ仮面ライダーに変身するには早いのかも。その方法を見つけるまで変身しないことが進兄さんや、みんなとの誓いだって、わかってる。でも……、今戦わなきゃいけないことは確かなんだ。どうしても守らなきゃ。今度こそ、俺が、守らなくちゃならないんだ!」

俺の言葉を聞いたりんなさんの表情が決然と変わった。

「クリムと出会った時、彼がよく言ってた。科学は使う人間次第で神の道具にも悪魔の道具にもなる。だからこそ使う人間のモラル……心の形が試される。それが自分にとって永遠のテーマであり、永遠の十字架だって」

「十字架?」

「天才科学者なんて呼ばれる人間は大なり小なりマッドだからね。蛮野もクリムもそうだった。あの二人は科学の進歩という魅惑の海に投げ込まれたコインの裏と表。そして彼らが作り出したロイミュードもまた、人間とそういう関係だった。表と裏。光と影。愛と憎しみ。だから多くの人間たちが闇の部分で、負の感情でロイミュードと結びついてしまった」

「でも……りんなさんは大丈夫だよ。どんな危ない発明をしても、俺の父親みたいにはならないと思う」

「そうね。私はラッキーなことに素敵な仲間たちに恵まれたから。だからギリギリのところで踏みとどまれると思う。今、剛君の顔を見てわかった。剛君も大丈夫だ、って」

「りんなさん」

「……どのみち、一回きりよ」

「え？」

「どのみち、マッハドライバーのプロトタイプは一回しか使えないの」

そう言うと、りんなさんはデスクの後方にある大きな特殊金庫を開いた。

中から大事そうにケースを取り出すと、シリアルナンバーを入力した。

ケースがウィーン、ウィーンと音を立てると最後にガチャ、と開く音。

「プロトタイプドライバーは実戦用としては不完全。変身はせいぜい五分が限界」

りんなさんはそう言うと、ケースの中に手を伸ばした。

ケースの中からプロトタイプのマッハドライバーが姿を現した。

「それで、十分だ」

俺は思いを込めて答えた。

りんなさんは俺にドライバーを手渡しながら言った。

「変身はそのシグナルチェイサーでできると思う。でも、もう一つ試して欲しいものがあるの」

りんなさんは、金庫から別の何かを取り出した。

これもまた、シリアルナンバー暗号付きのケースに入れられていた。

「剛君、私に話してくれたでしょ。研究を続けて、って。あの言葉で思い出したの。チェイスがかつて使用した、もう一つの変身のための道具を」

「なんだって……?」

りんなさんは驚く俺の前に、その道具を大事そうに取り出した。

それは、金色のコウモリ型のバイラルコアだった。

だが、その中央部分は丸くくり抜かれていて、その中にはシフトカーのエンジンのような銀色に輝く物体が搭載されていた。

それは、今までに見たこともないシロモノだった。

「エンジェルロイミュードとの戦いの後、私が回収したもの。ロイミュードのテクノロジーに人間のテクノロジーを掛け合わせた珍品よ」

エンジェルロイミユード。

その言葉に俺はピンときた。

一度、チェイスが人間のようになった時があった。

いつもは低音で言葉を一言一言噛《か》みしめるようにしゃべるチェイスが、あの時ばかりは人間の若者のように自由に流暢《りゅうちょう》に話した。

俺と進兄さんと姉ちゃんは、違和感を感じて近づかなかった。

いや、近づけなかった。

いつの間にかチェイスは元通りになっていたが、後から聞いた話では、チェイスを人間化した張本人こそ、そのエンジェルロイミユードだったという。

奴はチェイスに、感情回路を人間に近づける器具を装着することでチェイスを人間にしようとした。

その時にエンジェルがチェイスに与えたライノスーパーバイラルコアこそが、今りんなさんが俺に渡した道具のベースになっているものだ。

つまり、この変身するための道具にはチェイスが『人間になりたい』と願ったその残留思念が存在しているかもしれない。

「これを使って、チェイスは一度金色の魔進チェイサーに変身した。ある意味これも……彼の魂」

俺は、りんなさんに本気で話した俺の決意が伝わっていたことが嬉しかった。

これまでした全ての失敗と後悔はここにつながっていたんだ。

そう思えた。

「もしかしたら、このバイラルコアとシフトカーの混合物こそが仮面ライダーを答えに導けるかも」

「え？」

「このバイラルコアはチェイスが人間に近づこうとした証。そして、今あなたはそのチェイスの思いを理解し、ロイミュードの思いに近づこうとしている。このシフトバイラルコアのように、人間とロイミュードが互いに歩み寄っている状態ってこと……」

「なるほど」

俺は、俺が考えていることをりんなさんが口にしてくれたような感覚を抱いた。

「ありがとう、りんなさん！」

礼を言い、立ち去ろうとする俺に、りんなさんは一言付け加えた。

「あと、これだけは約束して。必ずパーティーには来ること。いいわね」

「……わかった。約束する」

俺は微笑んだ。

それを見たりんなさんが呟いた。

「その笑顔なら、大丈夫。だよね……クリム」

俺はマッハドライバーとシグナルチェイサー、シフトバイラルコアをしっかりと握りしめて、研究所を後にした。


都会の喧騒から離れたそのイタリアンレストランは、大晦日というお祭りを感じさせない控えめな照明で夜の街にただ佇《たたず》んでいた。

周囲は鬱蒼《うっそう》とまではいかないほどの風通しのいい常緑樹に囲まれている。

その横にある窓の外に佇む俺の耳に、ピアノの生演奏に混ざるお馴染みの声が聞こえてきた。

中にはすでに進兄さんをはじめとした特状課のみんなが揃っていた。

「俺、ちょっと遅れる。でも必ず行くから」

俺は、窓の外からその様子を眺め、姉ちゃんとの通話を終えた。

「うん。待ってるよ、剛」

姉ちゃんは俺に何も問いただすことなく、優しく答えてくれた。

俺はそのレストランの全体像を視界に入れたままで、少し距離をおいた。

店を囲む木々の隙間から外に出ると、寒々しい月が、今年最後の夜を照らしている。

ふと、その月が欠けたように感じた。

いや、そう感じたのは気のせいではなかった。

月の前に人影があるのだ。

その人影からは異形な翼が伸び、ゆっくりと動いている。

「来たか」

俺はそう呟くと、その翼を持つ影が降りていった先に走った。


降り立った人物の姿は、月の光を反射した高層ビルのミラーガラスに照らし出された。

徐々に姿を現したその頭部には、西堀と同じミスターXの仮面が被せてある。

俺は一瞬も躊躇することなく、そいつに駆け寄った。

身体能力をフルに活かし、膝を折り曲げたままで大きく跳び上がった。

その仮面に接近すると、上方に大きく膝を伸ばし、奴の頭頂部めがけて一気に振り下ろす。

重力も助けとなり、俺のかかとは奴の頭をすごい勢いでとらえようとしていた。

瞬間、ミスターXはのけ反って俺の攻撃を避けたが、その反動で頭からは仮面が吹き飛んだ。

「やけに手荒い歓迎だな。詩島剛」

仮面の下から現れた顔は、一瞬西堀光也の顔を形作った。

しかし、次第にコウモリ型のロイミュードへと姿を変えていく。

「だがそれでいい。私に対する憎しみが一番重要なのだ」

自らマントを脱ぎ去ると、その胸のプレートには「005」の文字が見えた。

「やっぱり、お前だったのか。ロイミュード005」

「ほう、私の正体に目星をつけていたと？」

ロイミュード005が真犯人だということは、令子が教えてくれた。

彼女が死の淵を行き来しながら、必死で残した指の形は『V』の文字だった。

それが意味したのは、ピースでも勝利でもなかった。

Vはローマ数字で『5』を意味した。

西堀光也とシンクロし、彼の復讐心を利用した者。

そしてこれほど壮大な犯罪を実行できる者。

『5』という数字とつながる者。

それは、かつて西堀光也をコピーし、仮面ライダーに復讐しようとしたロイミュード005以外にあり得なかった。

「どうして、彼女に毒を？」

俺は奴の質問には構わなかった。

「お前のせいだ」

「なに？」

「あの女を殺せば、お前が怒ると思ったからだ。この私を憎むと思ったからだ」

「なるほど。やっぱり俺宛てのメールのクイズの答えは、あの事件か」

「そう、仮面ライダーマッハ、つまりお前の心を闇に落とすために実行された、西堀令子によるニセの弟失踪事件。全て知ってるぞ。あの時、お前はすっかり騙され、心が壊れる寸前まで追い詰められ、もう少しであの女を殺すところだった。その手で。なのに今はどうだ。すっかり仲良くなって。実に滑稽だ。怪物の子供同士、傷を舐《な》めあってたか？」

俺は、何度もこんな試練を経験し、翻弄されてきた。

俺の感情を揺さぶる誘惑。

ここで、怒ってはいけない。

俺自身の心は俺がドライブするんだ。

「言いたいことは、それだけか？」

「……あ？」

「なら今度は俺が聞かせてもらう。お前の目的は何だ？　西堀光也を犯人に仕立て上げ、過去のロイミュード事件を人間が模倣しているように偽装した。なぜそんなことを」


詩島剛が私に投げかけた疑問は、まったく不愉快なものだった。

やはり、人間は何もわかっていなかったのだ。

「人間どもに思い出させるためだ。全滅したはずのロイミュードの悪夢を。その不安と恐怖を！」


三年半前のグローバルフリーズの直前、私は西堀光也と出会い、シンクロすることで西堀の姿を得た。

西堀の人間としての歪んだ精神、その利己的な欲望に同調したからだ。

しかしあの時、私の前に黒い仮面ライダーが現れた。

後にプロトドライブと呼ばれることになるあの仮面ライダーによって、私の体は破壊されコアだけがネットワークの中に逃げ込んだ。

お陰で、私はグローバルフリーズに参加することができず、ハートやブレンといった幹部連中から厭《いと》われたものだ。


その後、仮面ライダーに復讐するため、私は復活を遂げた。

ハートが私に体をくれたのだ。

グローバルフリーズの日以来、私の仮面ライダーに対する復讐心は日々大きくなり、ネットワークの中で膨れ上がっていた。

私は再び西堀の精神を利用し、模倣犯罪を犯すことで泊進ノ介、仮面ライダードライブをおびき寄せた。

だが、私は再びドライブの前に敗れることになる。

しかも、コアまで破壊されて――。


それから、一度仮面ライダーに倒されながらも長い間ネットワークの中を徘徊《はいかい》していた私の復讐心は、コアが破壊された後でも微細ながらネットワークの中に残っていた。

そして、私は私の行くべき先を知っていた。

私はプロトドライブに倒された直後、偶然にも新京大学の小田桐という教授のネットワークの中に逃げ込んだ。

そこで私は出会ったのだ。

アニマシステムと。

私は人知れずこのアニマシステムをコピーして、そして別の場所に保存した。

私が仮面ライダードライブに敗れ去る前、念のため私は復讐の足跡をアニマシステムの中に残しておいたのだ。


その後、仮面ライダードライブ、仮面ライダーマッハ、そして仮面ライダーチェイサーという三人の仮面ライダーに倒されたロイミュードたちの無念の思いは、次々とネットワークに流れ込んだ。

奴らによって刑務所に叩き込まれた囚人たちがネットワークにその思いを記したからだ。

その無念をアニマシステムに残った私の思念は吸収し続けた。

そして、仮面ライダーとロイミュードの戦いの全てを私は目撃したに等しい情報を得た。

かつてボルトロイミュードが同じように自分の亡霊をネットワークに残し、復活したように、いつしか私も復活を目論むようになった。

しかし、それには長い月日が必要だった。

私は、アニマシステムを利用し、『ラビリンス・オブ・アニマ』というオンラインゲームをネットワーク上に生み出した。

このゲームは、歪んだ精神の持ち主ほど先に進めるサイコロジカルな構造を組んだ。

そのため、全てのステージをクリアした人間は、すでに復讐心という心を植え付けられ、私自身とシンクロした心を持つに至る。

これによって、ネットワークから事件が起こり、またその事件によって呼び覚まされた人間の復讐心や恐怖心が大量に蓄積された。

それが私のコアを再び復活へと導いた。

私は、最終的に西堀光也を事故に見せかけて殺し、そのコアを再びこの世界へと呼び戻すことに成功した。

刑務所に差し入れしてもらったバイラルコアを使って。

「見ろ。これが人間の恐怖の感情によって獲得した、私の進化した姿！」

私は進化態へと変身を遂げた。

全身には銃や剣のようなまがまがしい武器が無数に施されたこの異形を、私は心の底から愛おしいと思う。

私が三年以上追い求めた究極の姿だ。

「リベンジャーロイミュード」

そう名乗り、その全身の銃口から詩島剛に向けて弾丸を乱射した。

これで終わりにしてやる。

これが真のロイミュードと人間の戦いの最終章であり、その終わりはロイミュードの勝利だ！


リベンジャーは俺に向け、無数の銃弾を発射してきた。

俺は間一髪それをかわし、りんなさんからもらったマッハドライバーを装着した。

「やはり手に入れたか。もう一度、仮面ライダーになるための道具を」

「そこまで、計算済みだったってわけか」

「そうだ！」

今度はダガーのような刃が俺に伸びる。

粉々に散る木々。

その中で俺はドライバーにシグナルチェイサーを装填した。

「チェイス、俺に答えを教えてくれ。レッツ、変身！！！」

閃光が迸《ほとばし》り、俺は仮面ライダーチェイサーマッハへと変身した。

「その姿は、ゴルドドライブであるお前の父親、蛮野天十郎を倒した時のものだな」

「本当に、なんでもかんでも知っていやがるんだな」

「ああ、私はずっと見ていた。ネットワークの世界から。ロイミュードと仮面ライダーたちの戦いを」

「今回の全ての模倣犯罪がロイミュードの事件を正確になぞってたのも、これで理解できたぜ」

次の瞬間、リベンジャーは全身を回転させ竜巻に姿を変える。

チェイサーマッハとなった俺を瞬く間に凄まじい風力で弾き飛ばした。

さらに風がやんだかと思うと、全身の刃を巨大なものに変える。

絶え間なく、そして容赦なく俺のボディに振り下ろす。

その力はあまりに圧倒的だ。

なぜなら、その刃の斬撃と共に高電圧の電流が俺の体を駆け巡っているからだ。

それは、ゴルドドライブの強さすら凌駕《りょうが》しているように俺には思えた。

あと四分ほどしかないな……。

俺はリベンジャーの予想以上の圧倒的な技と力に焦っていた。

「この力は……」

「全てのロイミュードの復讐の感情が私を究極のロイミュードへと進化させた。そう、今や私は全てのロイミュードの能力を手にした！」

さらに、発射される砲弾が俺を吹き飛ばした！

そうか……。トルネード、ソード、ボルト、そしてガンマン。

俺たち仮面ライダーに倒されたロイミュードたちの呪いの力か……。

さらに、リベンジャーから放たれる異様な波動が俺の体をのみ込んだ。

俺は微動だにすることができなかった。

「そうだ、これはフリーズの力。そしてどうだい、詩島剛。シーカーというロイミュードのことを憶えているかな。今から私は純粋な『憎しみ』の感情だけをお前の体に流しこんでやる。お前の中の憎しみと怒りが、私に対する復讐の心が怪物のように大きく醜く成長するだろう。するとどうなると思う？」

俺は、その波動の中、ただリベンジャーの声を聞いていることしかできなかった。

まずいな……。

マッハドライバーが使用できる時間のリミットが近づいている。

落ち着け。

チェイス、俺はどうすればいい――？

チェイスの魂と一体となったチェイサーマッハのボディが何かを俺に告げた気がした。

「あのレストランの中に集まっている人間たち。お前の家族。お前の仲間たち。そうだ、そいつらを今からお前が殺すのだ。愛する姉を。兄と慕う泊進ノ介を。その二人の間に生まれた新しい命を。全てお前の手が血に染めるのだ。そして聖なる儀式は――、私の復讐は完成する！　お前は結局何も守れず、自らの手で全てを失うのだ！」

「なるほどな。それがお前の、本当の目的ってことか。じゃあ、このまま放っておくわけにはいかねぇな……」

心を完全に支配されたはずの俺の体は、少しずつ動くことができるようになった。

「……なに？　なぜ動ける……」

かつてフリーズロイミュードによって完全に支配されたドライブの心と体。

しかし、フリーズの力はロイミュードである仮面ライダーチェイサーには無効だった。

チェイサーマッハは、リベンジャーへとゆっくり歩き出す。

そう、この仮面ライダーは半分チェイサーで半分マッハだ。

そして、今の俺は――。

「俺の憎しみを利用して自分の復讐を遂げようって寸法か。ずっと長い間準備したわりには、愚策だな」

「なに？　なぜ、私の能力が効かない⁉」

「生憎だな。俺はここに来る前に捨ててきたんだ。怒りだの復讐だのって、つまらない感情は」


俺にはもうわかっている。

イーサンを殺された憎しみをロイミュードにぶつけていた。

ロイミュードへの憎しみをダチであるチェイスに向け、そして奴を失った。

そしてチェイスを殺された憎しみで自分の父親の命を絶った。

だがそのままではクリムとの約束は永遠に果たせない。

人間は成長しなければならない。

憎しみを乗り越えた先に、戦う本当の意味を見つけなければならない。

「俺がここに持ってきたのは、仮面ライダーとして戦う理由、それは――人は変われるという、可能性だ」

「そうだ剛。お前自身を信じろ。今のお前の姿を、心をよく見ろ！」

チェイスの声が聞こえる気がする。

「もう時間がねぇんだよ。音速よりも速く、お前を倒してやる！」

リベンジャーは近づく俺に恐れおののき、最大級の波動を俺に撃ち込んだ。

俺は、足をしっかりと踏ん張り身構え、そしてマッハドライバーを加速した。

「ズーット、チェイサー!!」

俺はマッハよりも速く、ロイミュード００５の懐に潜り込み、奴の腹部に猛烈な勢いで拳を何度も打ち下ろした。

００５は信じられない、という驚嘆の声を上げ後退した。

その瞬間、マッハドライバーにささっていたシグナルチェイサーは吹っ飛び、いとも簡単にチェイサーマッハの装備は解除された。

俺は、その解除の意味を知っていた。

次の変身に移れ！

りんなさんから最後に託されたシフトバイラルコアを握りしめた時、声が聞こえた。

かつてのエンジェルとの戦いの際、人間の心に近づこうとしたチェイス。

チェイスはこのバイラルコアに一度は答えを求めた。

ライノスーパーバイラルコアにシフトカーのエンジンを搭載したその異形の物体が、俺に最後の答えをくれる気がした。

俺はそのバイラルコアをマッハドライバーへと装塡した。

「レッツ、変身！」

俺の体が黄金の炎に包まれた。

さまざまな思いが俺の胸に去来した。

人間。ロイミュード。家族。愛。友情。

さまざまな出会いと思いの全てを感じた時、俺は新たな戦士へと変貌を遂げた。

「超デッドヒ――――ト‼」

真っ暗闇のビルのミラーガラスが、その姿だけを明るく映した。

見慣れたマッハの頭部・Vｰヘルムのバイザーの奥には、マッハのものではない炎のように光る瞳が光っている。

それは紛れもなくチェイサーの眼差し、仮面ライダーチェイサーのオープンドアイだ。

そのヘルムを支えるボディは、かつてチェイスが超魔進チェイサーになった時に見せたあの姿。

ただし、その輝きは黄金ではなく、仮面ライダーマッハと同様に白く発光している。

それは、見たこともないマッハ、超デッドヒートマッハだった。

ハーフヒューマン・ハーフマシンともいえるその姿は、まさにマッハとチェイサーが一体化した究極の姿だった。

「そうか、チェイス。俺には、やっとわかった」

「そ、その姿は何だ⁉　私の記憶には存在しない‼」

「当たり前だ」

今、俺にあるのは激しい怒りではない。

静かな正義の炎を燃やし、リベンジャーに反撃を開始する。

感じる。

きっとこれが仮面ライダーを正しく使うための、答えだ。

俺はたくさん失敗し、後悔してきた。

それは俺が人間だから。

だけど、やっぱり俺が重ねた数々の失敗には大きな意味があった。

そのお陰で俺はロイミュードの真の姿を見極めることができた。

ハート、ブレン、メディック。そしてチェイス。

ロイミュードは最後の希望を仮面ライダーに託して死んだ。

仮面ライダーは人間とロイミュードを一体にさせることで完成する。

ベルトさんが進兄さんと一体となって戦士になっていた姿は、最初からその形に近かったんだ。

人間が正しい心を持ちながら、その心を受け取ったロイミュードによって監視を受け、反省を繰り返しながら悪と戦う。

それが、俺の、詩島剛としての仮面ライダーとしての在り方だ。


胸の中でマッハドライバーのカウントダウンが始まっていた。

ドライバーはあと一分ともたないだろう。

俺は全身の力を拳に集中させた。

拳が黄金に輝くと、閃光が散り、リベンジャーに飛びかかった。

連続攻撃でリベンジャーのボディを叩きつける。

いや、それは拳で叩くという感覚よりも、拳を刺すという感覚に近かった。

まるでライノスーパーバイラルコアのブレード部分を005のボディに突き刺すような感覚に。

「そんなはずは！　この究極の進化態が、こうも一方的に圧《お》されるなど、あり得ない！」

リベンジャーはもう一度全武装で一斉攻撃を仕掛けてきた。

だが、まるでそれはロイミュードの方が重加速にかかっているかのようにスローに見えた。俺はその攻撃全てを跳ね返し、最後の言葉をリベンジャーに告げた。

「復讐心を持つ限りお前はまた甦るんだろ。だが西堀だってかつてプロトドライブに救われた人間の一人だった。俺たちは人を憎めるほど偉くはないんじゃないのか。それでも、またロイミュードであるお前が生まれてくるというのなら、人間である俺が相手になってやるよ。人間とロイミュードってぇのは、もちつもたれつだ」

俺は、ドライバーの蓋を開け加速した。

「ヒッサツ！　フルスロットル!!」

高く飛び上がると、リベンジャーの胸にめがけてつま先を向けた。

「超デッドヒート！」

超デッドヒートマッハのライダーキックが奴に炸裂《さくれつ》した。

「こっ……こんなはずでは――!!」

大爆発するリベンジャーロイミュード。

その爆炎の中で005のコアが粉々に砕け散り、完全に消滅した。

同時に、俺のドライバーも砕け落ちた。

地面に落ちたドライバーの破片とバイラルコア、そしてシグナルチェイサーを拾い上げ、俺は笑顔でささやきかけた。

「……おつかれ」

エピローグ

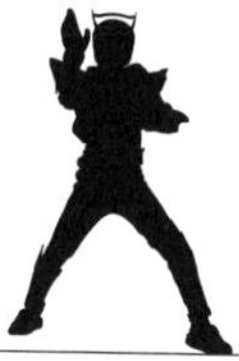

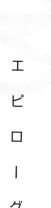

俺がレストランに入った時にはパーティーはいよいよクライマックスを迎えていた。

本願寺さんのスピーチは会をまとめようとするものだった。

俺はすっかり遅くなってしまったことを何度も詫びた。

だが、遅れた俺を誰一人咎《とが》めるものはいなかった。

りんなさんは、騒々しく俺を彼女の隣に誘導して言った。

「約束、守ったね」

「なんとか……」

俺は、正面のメインテーブルに並ぶ、進兄さんと姉ちゃんの幸せそうな笑顔を眺めた。

その二人の真ん中にはすやすやと眠る英志がいて、俺はまた笑顔をこらえきれなくなった。

「おめでとう。姉ちゃん、進兄さん。全部終わったぜ」

俺は、シャッターを何度も切りながら三人に近づくと、そう告げた。

二人はすぐには意味を理解しなかったようだった。

だけど、進兄さんの表情はすぐに明るいものに変わり「よくやったな、剛」と真っ直ぐに俺を見て言ってくれた。

それから再び、りんなさんの隣に座る。

「りんなさん、またお願いがあるんだけど」

「え？　また？」

「うん。チェイスのコアの復活を手伝ってくれ」

りんなさんの驚きの言葉は、周囲の賑やかな声にかき消されたけど、その笑顔が物語っていた。

「答えが出たのね、剛君？」

「ああ、やっとわかった」

倒されたはずの００５のコアが甦った。

それは同時に、チェイスのコアを復活できることも証明してくれた。

そして、俺はチェイスと一緒に戦うという仮面ライダーとしての答えを見つけた。


人は何度でもやり直せる。

そう。全てはここへ〝つながる〟ために必要なことだったんだ。


どこからともなく除夜の鐘が聞こえてきた時、俺は明るい未来ってやつがやってくる確かな予感を得た。

「よーし、病院のゲンパチに新年の挨拶、みんなでしにいこー！」

無茶なりんなさんの提案に究さんが「今から!?」ともっともなツッコミを入れたけど、結局最後はみんなが「出動！」と声を出した。

その声で英志が起きてしまって泣きじゃくり、大騒ぎになった。


また明るい特状課が戻ってきた。


二〇一八年一月七日。

警察病院の病室のベッドに、令子が上半身を起こして座っていた。

「どう？　具合は？」

「刑務所と変わらないわ。退屈で死にそう」

「実際、一回死んだじゃん」

あの日、確かに令子の心臓は一度停まった。

医師が諦めようとした時、奇跡的に生還したのだ。

「不思議よね。死んだ人間が生き返るなんて。でも私……見たような気がするの」

「見たって、何を?」

「大霊界。三途の川」

「まさか……」

「本当よ。そこで、お父さんに会った」

「……え?」

「そして言われたの。お前は帰れ。今は向こうの世界で生きろって。そしたら、戻れたの。……信じないか」

「信じるよ。てか、信じたい気がする」


もしかしたらアニマシステムは、西堀光也の精神をデータ化することに成功していたのかもしれない。

西堀光也が、令子につながれた電波器具を通じて「生きろ」と言ったのかもしれない。

現実世界では心がすれ違ってしまった娘に、やっと本当の気持ちを伝えたのかもしれない。

ふと令子が窓の外を見つめるように、背中を向けた。

きっと涙を流していたのだろう。

そして暫くして、言った。

「ありがとう、剛」

「え……？」

「これ、あなたがくれたんでしょ？」

令子がそう言って棚から取り出したのは、俺があの日祈りを込めて彼女のもとに残したマフラーと手袋だった。

それを持って、俺に掲げてみせた。

その表情にはもう悲しい涙はなく、心から笑っていた。

初めて本物の笑顔で微笑んだ令子に、俺も微笑み返した。

「どういたしまして。いい画だよ。ずっと、その笑顔が見たかったんだ」

病院から外へ出ると、晴れ着姿で父親に手を引かれる女の子とすれ違った。

俺は、なんとなく自分の財布から写真を数枚出して空にかざして眺めた。

イーサンの写真。

チェイスの免許証。

結婚パーティーで撮った、進兄さん、姉ちゃん、英志の笑顔。

そこに病室で撮った令子の笑顔が新たに加わった。

おわり

公式『仮面ライダードライブ』全史

一九九五年
科学者・蛮野天十郎は臨機応変に増殖・進化するアンドロイドを立案。
開発を志したがあまりのエネルギー消費量と巨大な外部頭脳の必要性に直面する。
その研究費用を工面するために青年実業家のもとを訪れるが、却下される。
狂気に取《と》り憑《つ》かれた蛮野は日本の山奥の施設にこもり、独自に研究に没頭。

一九九六年
蛮野の様子に恐怖した研究協力者の妻・澄子《すみこ》は子供の霧子（当時三歳）・剛（当時一歳）を連れ、失踪した。
元々蛮野はほとんど自宅に帰らなかったため、二人は父のことを全く憶えていなかった。
新天地で澄子は旧姓・詩島を名乗った。

一方、進退窮まった蛮野はアメリカにいる親友の科学者クリム・スタインベルトに協力を要請する。
クリムは自らが立案していたＡＩ的判断力と動力源を合一化させた光式駆動機関「コア・ドライビア」を開発中だった。
クリムの恩師ハーレー・ヘンドリクソン博士は蛮野を嫌っており、反対した。

だが、クリムは親友の苦境にやむなく来日、共同研究を開始した。

二〇〇〇年

詩島澄子、病死。
霧子と剛は二人揃《そろ》って親戚に預けられた。
剛は空手を習い始める。

クリムはコア・ドライビアをほぼ完成。そのプロトシフトカーの作成にも成功していた。

だが蛮野のアンドロイドは相変わらず莫大《ばくだい》な駆動エネルギーと外部頭脳を必要とした。蛮野はコア・ドライビアを組み合わせ、頭脳部分とすれば問題は解消すると気づいた。だがコアとアンドロイドを融合させた試作体００を完成させていたクリムは、コアが発動すると重加速現象と呼ばれる相対速度の低下が起こることを発見。その問題が解消されるまで実動化はすべきではないと主張した。

このままではクリムに去られると焦った蛮野は慌てて独断でコアと融合したアンドロイドを製作し始める。

蛮野が作り出した実験用のコアの数は百八あった。

その中から000の構造をベースに001、002、003の三体のボディを製作。

(四体目である004もクリムには秘密裏に作っていた。)

000にはクリムがあらかじめ人類奉仕のプログラムを強力にインストールしてあった。

クリムのプログラムを打ち消すために人間の悪意なども混ざったあらゆる感情への欲求をコアに加えた。

この研究過程において、かつて投資を断った青年実業家の姿を002にコピーさせ、拷問した。

その蛮野の姿にクリムは完全に失望し、絶交した。

完成し、実動開始した001、002、003には最初から自我があった。だが、彼らは蛮野に反逆するためそれを隠した。

ロイミュードが誕生した。


蛮野は001には精神力、002には感情、003には知識を探求させようとした。

クリムはロイミュードたちの進化が人間を追い越すことを予期し、自分が手がけた000と最新型のサイバロイドボディZZZを、古城に確保した。

シフトカーと共に戦うドライブシステムを完成させるためだ。

だが、自分の精神をセーブさせることができず、起動したとしても心が暴走する危険性を孕《はら》んでいたためZZZを凍結した。

ベルトに器を変更した彼は、ダウンロード設定を完了。

もし自分が死んだ場合、その時点までの精神がベルトにダウンロードされるシステムを作った。


機は熟し、002はハートを名乗って、001、003と共に蛮野を抹殺した。

そして003がコアテクノロジーを応用した意識体として、蛮野の頭脳を電脳世界に閉じ込めた。

幽閉による永遠の拷問、が名目だったが、003は別の利用価値があるかもととらえていた。


蛮野が殺されたことを知ったクリムの洋館にもハート、001、003が現れ、彼を抹殺した。

だがその瞬間、クリムの意識は用意されていた古城のベルトに書き込まれていた。

一方、蛮野が秘密裏に作っていた004が起動しており、死の直前のクリムをコピーしたが、その記憶は消去され、004自身は一旦全てを忘れた。

二〇〇三年

着々と仲間のコアのボディを増産し、グローバルフリーズを目指すロイミュード。ハートをリーダーに立てつつも、裏で暗躍していたのは001だった。001は巧みに国家防衛局内部に取り入り警察組織へも関与して、ロイミュードの犯罪をもみ消した。

泊進ノ介の父・英介がこの動きを察知、極秘に捜査していた。

だが英介は001が仕組んだ銀行強盗事件に巻き込まれ、そこで英介のことを疎ましく思っていた同僚・仁良光秀に銃殺される。

001はその仁良を見出し、仁良の犯行をもみ消した。

当時十二歳だった進ノ介は父の死を、市民を守った立派な殉職とだけ聞かされ、父の後を継ぎ、立派な刑事になることを誓った。

高校時代、来日していたクリムに憧れてアメリカの大学に追ってきた沢神りんなは、ハーレー博士とはすでに出会っていたが、消息不明のクリムを心配していた。

そこにベルトとなったクリムからの連絡があり、二人はドライブシステムの完成に尽力することになる。

二〇〇五年

りんな、恋人の笹本喜三郎と別れる。研究一筋の女になる。

二〇〇六年～二〇一二年

ベルトたちはシフトカーを量産、敵に備えた。
一方、ロイミュードたちも臨機応変に彼らの体となる圧縮金属素材・バイラルコアの開発に成功、密かに量産し始めた。
だが、蛮野抜きではコアを増やすことはできず、個体数は百八のままだった。奇しくもそれは人間の煩悩の数と言われる数字と同じだった。

二〇一三年

剛がアメリカに渡り、イーサンと出会う。
その後、イーサンの死をきっかけにハーレー博士と出会う。

二〇一四年

四月八日。

泊進ノ介は、相棒である早瀬明と共に模倣犯罪常習者・西堀光也を逮捕した。

逮捕直前の西堀をロイミュード005がコピーしていた。

また、ロイミュード009も交通事故にあった羽鳥美鈴《はとりみすず》をコピーしていた。

百八体の仲間のコアをネットワークに潜伏させたハートたちが世界各所で一斉蜂起。

グローバルフリーズを起こした。

だが、プロトドライブが誕生。これを妨害した。

その裏には005の独断先攻という要因があった。

打倒した005から得た情報によって、プロトドライブは一斉蜂起の場所を突き止めていた。

世界各地に散ったシフトカーたちが必死に敵を迎撃する。

コアは破壊できないが体を破壊していった。(『シークレット・ミッション type ZERO』)

プロトドライブは日本で001、ハートをはじめ、相当数の敵を撃滅。

瀕死の003が仲間に警告を促すため中央情報局に侵入し、杵田光晴《きねたみつはる》の姿をコピーした。

「仮面の……ライダーだ！　仮面ライダーに警戒せよ！」

の言葉から、プロトドライブは仮面ライダーの異名を取ることとなる。

同時刻、進ノ介は事件捜査の最中に親友・早瀬に重傷を負わせてしまった。

また、交通課の女性警察官となっていた霧子も010に襲われたが、プロトドライブに助けられた。

小田桐教授殺害事件がここで発生しており、蛮野はネットワーク世界から逃亡を図ったが、失敗した。

だが、この裏でコアとしてネットワークを彷徨っていた005が小田桐教授のアニマシステムをコピー、自分の予備データを作成していた。

その後、日本を守ったプロトドライブはロードウィンターの力で海を凍らせながら世界各地を激走。

世界各地のロイミュードも倒した。

コアは全てネットワークに逃亡した。

敵を撃滅したベルトと本願寺が出会った。

本願寺は進ノ介の父の事件を怪しみ、警視総監と協力、独自の動きをしていた。

特状課設立のビジョンを持つ本願寺とベルト。

五月～七月。

ネットから復活した009がメディックロイミュードに進化した。

彼女の力で次々と瀕死だったロイミュードたちのコアが復活。

002、003はそれぞれハートロイミュード、ブレンロイミュードに進化した。

三人は先に復活していた001と共に数体の仲間を揃えてプロトドライブを襲撃、倒した。

この戦いで、復活能力を持つメディックロイミュードが最初にプロトドライブに撃破されたが、コアが体内から出ず、仮死状態となり眠っていた。

ベルトはなんとかシフトカーたちに救われたが、バイクと000は大破し、ベルトは彼が死亡したと思った。

だが実は000は回収、001、002、003によって改造・修復されていた。

人類奉仕のプログラムを上書きされ、記憶を失い新しいロイミュードとして復活した。

ハートに心酔した彼は仲間を守るべく、ルールを破る仲間の始末屋・チェイスとなった。

チェイスはブレンの助言をうけ、通りがかりの狩野洸一の姿をコピーした。

さらにクリムのシステムを解析した戦士・魔進チェイサーへの変身が可能になった。


ネットワーク内で影響を受けた人間のスキルに執着することにより、進化態として凄まじい特殊能力に目覚めることを知ったハートたちは、あえて仲間たちの勝手を許した。

彼らのルールは一つ、力を蓄えた進化態が「約束の数」に達するまで深く静かに人間の世界に潜伏すること。

それを破った者はチェイスに処刑され、再びコアに戻ってやり直すのである。


一方、ベルト自身も戦士を守れる強さを持ちたいと考え、トライドロンの開発に着手。

これを自分のボディとして、人間を使った戦士ドライブを作ろうとする。

帰国したりんなと協力、トライドロンを完成させた。

プロトドライブの敗北を知った霧子は哀しみ、自らドライブに志願したが変身できなかった。

すでに渡米していた剛の存在を知ったベルトは彼らが蛮野の子供と見抜き、驚いた。

だが本人にはそれを伝えられなかった。

ベルトは本願寺に極秘の協力を要請、特状課の設立と、候補者のリストアップを依頼した。

メンバーは霧子、りんな。そして小田桐教授殺害事件に絡んだ西城と追田。

戦士の候補はやはり剛。

そしてもう一人は英介の息子・進ノ介となった。

ここでもベルトと本願寺は運命を感じた。

剛はハーレー博士にアメリカでスカウトしてもらうこととなった。

その間にイーサンの仇を討つべく、剛が敵に挑んでしまい、ハーレーは慌てて彼を救出した。

ネクストシステム・マッハの訓練を気に入った剛だったが、ハーレーの施設で蛮野が自分の父と知ってしまい、姉に知られる前にその過ちであるロイミュードを根絶してしまおうと誓う。

八月。

特状課が緊急創設され、進ノ介はそこに配属された。

闘志を失っていた彼に謎の声の人物として進ノ介へのベルトのスカウトがはじまった。

十月。

進ノ介、過去を振り切りドライブ誕生。戦いが始まる。（第一話）

十一月。

フォントアール社の陰謀を暴き、タイプワイルドの力でクラッシュロイミュードを撃破。（第六話）

００５をハートが復活させる。００５は西堀光也の姿でアルティメット・ルパンの手口を真似た模倣犯罪を起こすが、仮面ライダードライブに撃破されコアまで破壊される。

（『シークレット・ミッション　type TV－KUN』）

剛が帰国。密かにマッハとしての訓練を行いながら、進ノ介と霧子を監視していた。

十二月。

ドライブ、タイプテクニックへの変身が可能となる。

仮面ライダールパンと対決。アルティメット・ルパンによって、サイバロイドボディZZが盗まれていたことが発覚する。（『仮面ライダー×仮面ライダー　ドライブ&鎧武MOVIE大戦フルスロットル』）

ボルトロイミュードの残留プログラムが実体化し、ボルトゴーストとして復活。

都市大停電『暗黒の聖夜』を実行に移す。

大惨事になる前にドライブが阻止した。

その裏で停電時に吸収した電力を利用し、メディックが復活。（第十一話）

剛がマッハを完全に自分のものにして、進ノ介と霧子の前で華々しくデビュー。（第十二話）

二〇一五年

二月。

りんなが笹本喜三郎との再会を果たすが、笹本はボイスロイミュードと結託していた。

来日したハーレー博士の助けもあり、シフトデッドヒート完成。

ドライブ、マッハともデッドヒートとなりボイスロイミュードを撃破。笹本は逮捕された。（第十七話）

ジャッジを名乗る復讐サイト事件が発生。
追田の元同僚である橘がロイミュードと共謀していた。
炙《あぶ》り出《だ》された宇津木こと浅村誠を追田が逮捕。
橘は罪を免除される。（第十九話）

三月。
西城究がロイミュード072と意気投合し、一緒に生活していたことが発覚。
072はメディックによってコアを破壊された。（第二十話）
ドライブがタイプフォーミュラへの変身を実現。
魔進チェイサーを撃破したが、霧子がチェイスを助けた。（第二十二話）
一年前の小田桐教授殺害事件の真相を突き止める特状課のメンバーたち。
ブレンがアニマシステムの情報を消去していたこと、蛮野が電脳世界にいることを知る。

（『シークレット・ミッション　type TOKUJO』）

ロイミュード０２７がにせドライブとなりドライブを困らせる。
タイプハイスピードを実現し、撃破する。（『シークレット・ミッション　type HIGH－SPEED!』）

剛がデッドヒートのバースト状態を操れるようになる。
剛のオーダーでりんながマッハドライバーをもう一つ完成させた。（第二十四話）

四月。
ニンニンジャーと共に妖怪と融合したロイミュード０８９を撃破する。（『手裏剣戦隊ニンニンジャーvs仮面ライダードライブ　春休み合体1時間スペシャル』）
ショッカーの陰謀により歴史が改変された世界が実現。仮面ライダー3号が生まれるが、数々のライダーたちとの協力で元に戻る。死亡したはずのマッハも元に戻る。（『スーパーヒーロー大戦ＧＰ　仮面ライダー3号』）（『仮面ライダー4号』）

仁良光秀が捜査一課長となる。

泊進ノ介が仮面ライダードライブであることが世間に知れ渡り、ドライブは対機械生命体の警察の戦士ということが公式に発表される。

ソードロイミュードと融合した多賀始を逮捕。（第二十五話）

チェイスがマッハドライバーを得て、仮面ライダーチェイサーとなる。（第二十六話）

ロイミュード０５０と西堀令子がシーカーロイミュードへと融合進化。

その能力で負の感情を増幅された剛は「自分の父親が蛮野である」ことを進ノ介に告白する。

その後、シーカーロイミュードを撃破し、西堀令子は逮捕された。（第二十八話）

五月。

００１が国家防衛局長官・真影壮一であることが発覚。（第三十話）

さらに十二年前の進ノ介の父親が殉職した事件の関係者の記憶が改ざんされていることが発覚。

００１が事件に関与していたことがわかり、警察関係者の記憶が００１によって書き換えられていたことがわかり始める。

剛がシーカーの影響を受けて孤立したところへブレンが接近。
タブレットに幽閉された蛮野の存在を餌にして、ロイミュードへの協力を要請する。
剛は001によって洗脳されたフリをして、ロイミュードと行動を共にする。

六月。
001によって泊進ノ介が殺害される。
剛が隙を見て蛮野が閉じ込められたタブレットをブレンから奪取。
蛮野の助言によってタイプトライドロンが誕生し、進ノ介が復活する。
タイプトライドロンがフリーズロイミュード（001）を撃破。（第三十三話）

実は仁良光秀が十二年前の英介殺害の犯人であることが発覚し、進ノ介の手で逮捕される。
ブレンが仁良の嫉妬の感情と融合を果たして超進化を遂げるが、ドライブたちに敗れ、コアの状態となってメディックに回収される。（第三十六話）

七月。
特状課、これまでの功績を認められ、刑事部の課の一つとして正式に活動できるように

なる。（第三十七話）
ハートが超進化する。（第三十八話）
蛮野がライドブースターを強奪し、ドライブを急襲。
変身解除された進ノ介は、ロイミュード004にベルトを奪われてしまう。（第三十九話）

ロイミュード004が蛮野と接触。

忘れていた全ての記憶を取り戻し、蛮野の配下に入ったのだ。

蛮野は004に命じてドライブドライバーを複製し、自身の意識をインストール。

バンノドライバーが完成する。

さらに元のベルトに暴走のプログラムを埋め込む。

蛮野が進ノ介や剛を裏切ったことが発覚し、進ノ介がベルトを取り戻す。

剛は蛮野が悪であったことに悩むが、霧子にも蛮野が自分たちの父親であることを告白し、倒すことを決意する。

チェイスが特例四輪免許を取得。その後、剛も取得する。


八月。

蛮野が埋め込んだ悪のプログラムによってベルトが暴走、破壊活動を始める。

さらに破壊活動によってつながった未来からダークドライブと、その悪行を防ごうとする進ノ介の息子と名乗るエイジが現れる。

進ノ介がベルトを破壊。

ロイミュード108がダークドライブへと変身し、進ノ介を襲撃。

108は超絶進化を遂げ、パラドックスロイミュードとなる。

その後、進ノ介がダークドライブのドライブドライバーにトライドロンキーのデータを移したことにより、ベルトは復活。

さらに未来のシフトカーを使ってタイプスペシャルへと変身し、パラドックスロイミュードを撃破する。(『劇場版　仮面ライダードライブ　サプライズ・フューチャー』)

チェイスが人間になりたいと言い始める。

エンジェルロイミュードによって人間のようになるチェイス。

さらにライノスーパーバイラルコアによって超魔進チェイサーとなる。(『ドライブサーガ　仮面ライダーチェイサー』)

一方、蛮野は複製したベルトとロイミュード006の体を使ってゴルドドライブとなる。

ゴルドドライブに施された細工により、メディックは超進化を遂げると同時に心を失い、蛮野の操り人形となる。

メディックを人質にして超進化したハート、ブレンを招集、シグマサーキュラーに超進化態四体の力を集めさせる作戦を実行する。

ブレンが自分の命を犠牲にしてメディックの洗脳を解除。（第四十四話）

九月。

約束の数の力を得たシグマサーキュラーの影響で第二のグローバルフリーズが発生。

蛮野の作戦を知ったハートとメディックとの協力を得てドライブ、マッハ、チェイサーがゴルドドライブに立ち向かう。

ゴルドドライブとの戦いの中でチェイスが剛を守って死亡。（第四十五話）

チェイスの思いを受け取った剛がチェイサーマッハとなってゴルドドライブを撃破した。（第四十六話）

進化するシグマサーキュラーに圧倒される進ノ介とハートのもとに駆けつけたメディックが進ノ介の傷を治癒して命を失うが、その結果シグマサーキュラーの撃破に成功する。

進ノ介とハートによってグローバルフリーズと蛮野の野望が打ち砕かれた。

ハートは進ノ介と一対一の戦いを希望するが、最後の一撃を放つ直前で息絶える。

ロイミュード全百八体の撲滅を完了。
それを受けて、ベルトはドライブの全システムを凍結し、地下深くに沈める。（第四十七話）
特状課がかつて押収していた眼魂《アイコン》と呼ばれる事件の証拠品の盗難事件が発生。ドライブになれない進ノ介だったが、仮面ライダーゴーストの助けもあり眼魂を取り戻す。
その後、進ノ介は警視庁捜査一課への異動が命じられる。（第四十八話）

十二月。

頻発する不可思議な事件を捜査するうちに仮面ライダーゴーストと遭遇。

進ノ介は十年前の世界に飛ばされる。

ゴーストとの共闘によって現代に戻るが、その戦いの最中に進ノ介は霧子にプロポーズしていた。

十二月二十四日に進ノ介と霧子が結婚。（『仮面ライダー×仮面ライダー　ゴースト＆ドライブ　超ＭＯＶＩＥ大戦ジェネシス』）

しかし、その日に大事件が起き結婚式の後のパーティーは中止となる。（『小説　仮面ライダードライブ　マッハサーガ』）

二〇一六年

十二月。

進ノ介と霧子の間に第一子が誕生。英志と名付けられた。

二〇一七年

十二月。

剛が帰国し、進ノ介と霧子の結婚パーティーのやり直しが行われようとするが……。

設定協力／三条　陸

山辺浩一（石森プロ）

金子しん一（石森プロ）

大森敬仁 | Takahito Omori

1980年愛媛県生まれ。テレビドラマのプロデューサー。カリフォルニア州立大学ロングビーチ校で映画制作を専攻。2003年に東映へ入社。APとして主に仮面ライダーシリーズとスーパー戦隊シリーズに関わり、2013年の『獣電戦隊キョウリュウジャー』、2014年の『仮面ライダードライブ』で、それぞれのシリーズにおいて初のチーフプロデューサーを務める。

長谷川圭一 | Keiichi Hasegawa

1962年静岡県生まれ。脚本家。日本大学芸術学部映画学科卒業。その後、撮影現場で助監督や装飾を約10年間務めていたが、装飾としても参加していた『ウルトラマンティガ』で脚本家デビューし、それから多くの円谷プロダクション作品の脚本を担当することになる。主な作品は『ウルトラマンネクサス』『ウルトラマンギンガ』『仮面ライダーW』『仮面ライダードライブ』。

講談社キャラクター文庫 021

小説《しょうせつ》 仮面《かめん》ライダードライブ マッハサーガ

2016年4月20日 第1刷発行 2025年3月19日 第7刷発行

著者	大《おお》森《もり》敬《たか》仁《ひと》 ©Takahito Omori
監修	長《は》谷《せ》川《がわ》圭《けい》一《いち》
原作	石《いし》ノ《の》森《もり》章《しょう》太《た》郎《ろう》 ©2014 石森プロ・テレビ朝日・ADK・東映
発行者	安永尚人
発行所	株式会社 講談社
	112-8001 東京都文京区音羽 2-12-21
電話	出版 (03) 5395-3491 販売 (03) 5395-3625
	業務 (03) 5395-3603
デザイン	有限会社 竜プロ
協力	金子博亘
本文データ制作	株式会社KPSプロダクツ
印刷	大日本印刷株式会社
製本	大日本印刷株式会社

KODANSHA

ISBN 978-4-06-314876-3 N.D.C.913 303p 15cm
定価はカバーに表示してあります。Printed in Japan